島嶼，沒有遠方

牧羊女 散文

Back to Where It All Began

目次

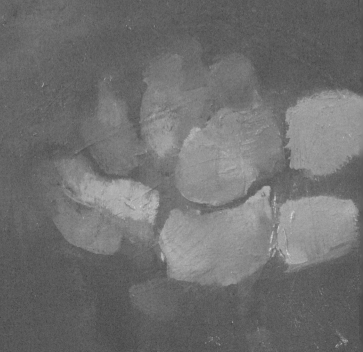

島嶼，沒有遠方

【推薦序】

我家四姐

楊永斌（臺灣大學名譽教授）

四姐要我寫序，我首先聯想到的是東晉時的蘭亭集序，也就是現在流行的會議論文集的序，當時群賢畢至、少長咸集，三四十位名士相會於會稽山陰，書聖王羲之在酒興助陣之下，寫出了這篇震古鑠今的序，不論是書法或文章，皆為後人臨摹和讚賞的對象，堪稱天下第一序。

我和四姐有談不完的事，從孩童開始談到現在接近古稀了，彼此不改其色，浪漫不亞當年。這本散文集《島嶼，沒有遠方》與蘭亭集序的「群賢畢至」相比，作者只有四姐一人，而我也比書聖相去甚遠，「雖世殊事異，所以興懷，其致一也」，畢竟，書聖王羲之老先生已經幫我開脫了。

這本散文集裡裡外外談了很多趣事，但比較多的是關於雙親、家裡、村裡和家鄉的事情，這就是我們共同的座標，共同的原點，不管我們走到哪裡，不管是在臺北、在大陸，或在海外，我們都不會忘記這段孩童和青少年時期的黃金歲月，特別在當時的家鄉金門，砲火連天、寸草難生，只有杜甫春望裡的「烽火連三月，家書抵萬金」差可比擬。

我們幸而生長在金門，幸而成長在那個年代（一九五〇－六〇年代），幸而經歷過一點貧困、一點飢餓、一點砲火，兩岸的朋友們裡，唯獨我們金門鄉親親身通過那段單打雙不打的兩岸歷史演義，現在回想起來，多數鄉親也多如此，從不抱怨兒時的困頓，對於兒年的記憶，反而帶點甘甜，那一段的砲火洗禮，只有加強了我們對家國的情懷和對民族復興的期待。

我們是群沒有長大的孩子，從兒時一起玩到年邁，夢想並未隨著歲月的增長而減弱，四姐更是如此，創作的欲望從未降低，一丁一點的芝麻小事都能引起她寫作的動機。小時讀唐詩宋詞、論語孟子自是家常便飯，學校規定，必須如此。但是萬萬沒有想到，在這接近古稀的年紀，竟要經常拜讀四姐寫不完的作品，寫盡千山萬水，寫盡裡裡外外，還要恭喜她得獎連連。看來，古井裡仍有清泉，我姐可能會在人生的軸線上，推進我們所不知的創作年限。在這方面我只能推說，等我八十歲以後學校的科研論文工作少了，再和你進行作文比賽。

四姐是我生涯的顧問和分享者，我們經常聚會，或在臺北，或在金門，在家鄉高粱酒的助興之下，話題不分東西南北，不問古往今來。我從小即走上理工的道路，兒時夢想為窮盡天文物理，不管天高地厚。如今驀地回首，常自嘆科學不如文學，求真還不如求美，眼看學文學的可以擁抱天地，可以無視歲月，可以挾泰山以超北海，可以讓黃河之水天上來；若要表示氣魄，古人早早就說：沛然莫之能禦，今人則說：用盡洪荒之力。大塊皆我文章，不必拘泥於區區的小數位，不必受限於萬有引力或相對論，我心即我見，我思即我文，隨心所欲，行於所當行，止於不可不止，此一空間不僅沒有控制方程，也無邊界條件，還有眾多的讀者和粉絲，等待你的簽名，這樣的人生，豈不快哉！

寥寫數語，與吾姐共勉，前進再前進，爰以為序。

【推薦序】

人人心中一座……

——讀牧羊女《島嶼，沒有遠方》

林黛嫚（作家）

和牧羊女相識交遊，時間雖不長，那厚度與質量卻很可觀。每次嘴裡喊著、心裡唸著「牧姊姊」，想著的卻是金庸小說《天龍八部》裡的木婉清，那個小跟班鍾靈總是追著她喊「木姊姊，木姊姊」，當然故事裡的木姊姊天真爛漫，猶如渾金璞玉，全然不通世故人情，外剛內柔，而現實生活中的牧姊姊性情周到爽朗，相處起來令人如沐春風、輕鬆愉快。

牧羊女十七歲就開始寫作，但長時間忙於工作，退休後專心創作，起手式便不凡，連獲大獎，近日又完成一部散文集，囑我展閱並書寫心得，《島嶼，沒有遠方》，確實，家鄉、親人、土地、童年……都不在遠方，卻如同一棵根深葉茂的壯實大樹植在我們心中。

人人心中一座童年

有人說，童年是作家的提款機；也有人說，童年是人生最重要的寶藏。許多寫字的人都把這最重要的寶藏化為文字，方方面面訴說過往。

牧羊女在這本書裡就有一篇散文題為〈那童年〉，寫那什麼都缺，也什麼都不缺的美好歲月與成長軌跡。她的學生生涯令人印象深刻，上學的地點從借讀的祖厝到大埕前民宅，直到六年級快畢業了才有新校舍，走廊旁的鳳凰樹，開起豔紅的鳳凰花時，就已經是畢業季。鋪陳起來雲淡風輕，卻是牧羊女的整座童年。

對照我自己的童年，因校舍不夠而分上午及下午兩部制上課，不上課的上午或下午就是我自由浪遊的時光，牧羊女說：「沒有玩具的童年，我們與自然為伍，親澤山野、海洋。」我那沒有玩具的童年也是與自然為伍，只是我一個人遊遊盪盪，沒有人指點，以致迄今仍不識草木。自然於我，就是一幕背景，讓我在其中搬演人生。

自製的陀螺、踢毽子跳橡皮筋還有紅大埕的蚊子電影院，牧羊女的兒童樂園讀來餘味無窮。

人人心中一座家鄉

對於離鄉背井的人來說，家鄉無論遠近，都成了象徵，思念的對象。一九七六年二十四歲的牧羊女離金旅臺，雖然經常返鄉，但終究在臺灣成家立業，符合金門旅外藝文學會成員的身分，於是家鄉便是日夜仰望的存在。牧羊女回憶初次旅臺，半年後放假回家是唯一想做的事，當時返鄉路迢迢，先從臺北搭柴慢火車八小時，在高雄十三號碼頭等了數日艦艇，又等船期又避風浪，延擱幾天船才終於啟航。回到母島，第一件事就是找媽媽，從家裡直尋到觀音亭，母女在慈湖路上遇逢，相擁淚流滿面的一幕令人動容。

我沒有和母親相擁而泣的記憶，但家鄉於我也是永遠的思念，十五歲離鄉，求學時放寒暑假，工作後期待每一個連續假期，結婚生子後帶著孩子，或開車塞在長長車陣，或坐車排在長長人龍中，無論如何都要奔赴和家鄉、和父親（孩子的外公）的約會，校園的大榕樹、廢墟似的洋樓、腳踏車棚與鳳凰木……家鄉藏著我們的文學地景，人人心中一座家鄉，永遠書寫不盡。

人人心中一個遠方

小時候，遠方是有電梯的百貨公司，是吃不到的棉花糖，是光鮮亮麗，是自由自在。於是我們耗費青春歲月努力奔赴，那個充滿想像、希望，富麗堂皇的未來。當遠方成了此地，未來成了現在，我們都只想回家。

牧羊女想回的家，「木麻黃是一排排不敢張揚的嘴舌／針葉燒著灶上的貧困／地雷羞慚躲在地底……」，我想回的家，是那排連棟宿舍，日式房子裡有小貓睡在上頭的榻榻米，母親在廚房起灶燒水。

島嶼曾經在遠方，如今，遠方立在眼前，觸手可及，《島嶼，沒有遠方》書寫出來了，但對親人、家鄉的想像持續著，我們期待牧羊女繼續她的鄉土書寫，和我們的童年、家鄉、遠方繼續對話。

【推薦序】

跟著牧羊女走

吳鈞堯（作家）

二〇一九年十月三號，我發表〈牧羊女與我走在一起〉短評於《中國時報》人間副刊，隨著牧羊女近幾年獲得浯島文學散文首獎、新詩佳作，以及兩岸金沙文學獎優勝，撰寫聯合報副刊金門專題，並且以〈乾杯不是酒〉獲得「飛閱文學地景」製作節目青睞，主角與金門景觀入鏡，牧羊女文學面貌更加清晰，標題簡化成「跟著牧羊女走」，意思多元，有吃飯、喝酒、抬槓以及文學。

最早，我們兵分兩路，雖然都來自戰地金門，也都因為作家楊樹清，企業家王水衷、李台山等而結識。朱西甯於六〇年代間曾訪金門，在《金門日報》讀牧羊女作品，讚嘆她是「金門的張愛玲」。當時崛起的金門作家陳長慶、林媽肴，都對這位才女另眼相看，在報導文學取得重大成就的楊樹清更不止一回，在宴會場、藝文場乃至於醉酒場，提及牧羊女舊作〈假如麥芽糖不賣〉，有時候魔術般讀出幾段，並且出示剪報，讓在場氣氛回歸六〇，一個牧羊女叱吒江湖的好年頭。

我呆鵝一隻，肯定沒有做好驚訝、佩服等表情，牧羊女看在眼中，心頭必然有氣，「這髫毛小子，未免欺老娘太甚……」這哪是我的錯呢？牧羊女的確風華早茂，開得太好、太香，很快金盆洗筆，嫁做人婦，做羹湯是很其次了，撫養兩個幼囝長大，才是要緊。

多年後，我在牧羊女家宴，見到她提過的兩位幼囝，茁壯不足形容，都事業有成，不再需要牧羊女掛心。少女成為妻室，折斷不少女人的筆，牧羊女再以《裙襬搖曳》重拾文學情時，我已擔任《幼獅文藝》主編多年，牧羊女成為我眼裡的、出道很久的文藝美少女。藝文界的潛規則是，不論年齡，而序出道輩分，中斷數十年寫作的牧羊女名符其實地進退維谷，很早出道、又像是剛出道，所以，我才表情為難。

我跟牧羊女還會重提走在一起的關鍵，都曾在中正區上班，中午時候，常就重慶南路、博愛路散步，為午餐消脂，走著走著，怎麼牧羊女竟在前頭了，一回見、兩回瞧，渾似劇裡主角，怎能不約午餐、不約喝咖啡呢？一如往常聚會，都是牧羊女買單。很可能這幾段難忘共談，以後活動牧羊女都算我一份，包括後來「文學金門豆梨季」。

牧羊女慣用不找我喝酒要脅：「你不給《金門文藝》稿件，喝酒就沒你的份？」我裝作受迫無辜，向「惡勢力」低頭，其實是版面珍貴，不想多占，而我深知牧羊女搶救停刊多時的雜誌，是為了培育文學香火，讓關心金門成為行動。牧羊女從事保險業多年，被外商公司高薪挖角，很明白愛東、愛西的口號人人會說，亂愛一通以後，很可能最愛的就是新臺幣。

新臺幣牧羊女也愛，看到存摺上，數字每個月增肥，多好啊。新臺幣牧羊女愛，更樂意看到金錢變身，成為文化支柱、文學的棟梁。我多次調侃她，賺這一生都花不完的錢，何苦來哉？

有一天她私訊我，說是辭了高薪工作，打算寫寫小說或新詩，我熱烈響應她的人生起義，至少連發十個大讚，但也懷疑她能寫出什麼來。

牧羊女的散文敘事依附抒情傳統，簡約、素雅、迷人，正如她的模樣。女孩們化妝時，可能都在想，眉筆要多畫兩道嗎、腮紅得多抹兩回嗎？牧羊女反其道，想著哪邊得少用形容、哪裡要去掉「然而」、「所以」等不著意義的字。減法應用，使她的散文非常節約。倉頡有知，當感謝她惜字、愛字，而且懂字。

散文集《海邊的風》最感人的是她對陳年舊事的回溯。老宅與灶腳、勞動但幽默的父親、少女時陪母親上街不知賺錢困難而花高價買衣物，她多直敘，妙的是在直抒當中，委婉之情溢於言表，與手足爭奪父親手編的籃子，當它作為生活用品，平凡無奇，但作為父親的遺物，再與籃子緊密、交錯的藤蔓用料對比，一只籃子裝填的不只是蔬果。無論是誰奪下那只籃子，大約都不會拿來裝東、裝西了，而擺放與親人共擁的四季。這是一只空的籃子。這也非常滿。

散文的直抒敘事，步數如象棋的「車」，乾脆俐落，但常能「將軍」，讓人感動，詩集《井邊的故事》，牧羊女則常差遣「馬」，可以橫向跨出，到達棋局的極左跟極右，也可以倒退兩步，才一著就回到直線上。我驚訝從未寫過新詩的牧羊女、散文風格不斷減了又減的牧羊女，竟能從容駕馭寫詩的基本、同時也是核心的「意象」，想當年，我正是走車、走馬都不是，很快地被「意象」給「將軍」，只好棄甲新詩，轉往散文跟小說。

牧羊女卻能「車」「馬」同駛。這是我下象棋的兩員大將，是牧羊女驅動新詩的兩個武器。「車」延續散文的直敘，充滿故事性，「馬」是分歧而出的意象，極左是現代、極右是古典，牧羊女很自然地讓它們黏合。這讓我想起那支被婚姻折斷的筆。婚姻並非都是斷筆臺，更多的是花草如茵，不過，牧羊女的筆暗處逢光，比如〈我的江湖〉，「我的江湖裡沒有人／只有花草樹木和一顆心／偶爾豢養牛馬雞鴨／沒有對話」；又如〈雷聲〉，「嘆息比較擄獲人心／憂愁和焦慮在暮色裡／因為雷聲／嚇壞了沉思」。

牧羊女有車、有馬，把新詩寫得千迴百轉，且熱情洋溢，難怪詩人許水富、楊永斌校長，在聚會時讀啊讀，都哭了。難怪我會跟她走在一起。雖然我沒有車跟馬，但性情都屬自在，對愛與厭惡、對喜歡喝酒與大笑，都沒遮掩。更要命的是我生肖屬羊，牧羊女，不就專門牧羊的嗎？

牧羊女不僅跟我走在一起。她跟心中有愛的人走一塊，用文學行動與書寫，牧養更多需要她的人。牧羊女再度以散文發聲，新作《島嶼，沒有遠方》，收錄我非常喜歡的〈家書〉、〈起風了，霧會散〉以及曾經作為金門新店辦公處啟動展出的〈花帔寂寞．花帔不說〉。

「纏綿」常用在男女之間，放在父母情、手足情，更見牽絲。愛情是逢遇，親情則註定，前者可以選擇、後者是想換都換不了。在恆常的倫常中，牧羊女發抒為文，沒有牽絆的人生，哪來生活與故事？「纏綿」超越性別，而在與舊人、舊事的繾綣難忘，這就揭發牧羊女的真性情，佯裝糊塗卻事事上心。

吾輩文友只宜「纏」，纏她的人以及新詩與散文，至於「綿」還是留給她自己，讓牠們長大成為綿羊。那是我們帶不走的，屬於她的圍牧，只是豐收時候，我們必然知道，她將鬆開羊的柵欄、人的結，悠悠人間填寫幾個符碼，而我們很慶幸，緊鄰牧羊女的牧場。《島嶼，沒有遠方》再度圍牧讀者，戰地金門不僅砲彈與死亡威脅，需得懷抱溫暖和感恩，才能以圓滿補綴殘缺、以蝴蝶翩飛鬆解僵冷窮冬，牧羊女散文筆耕多年，至此穩固了溫厚面貌，〈家書〉以父親與弟弟信件往來寫戰亂下，親情大弧度的跨越，太平洋再深再遠，一句「父母親大人尊前」，再回到舊時庭院。

〈島嶼，沒有遠方〉、〈我們把時間過慢了〉，生動情節爬梳歷史，牧羊女的率真、深情，隨意點染都是厚實筆力，她不需要遺憾沒有當成朱西甯期許的「金門張愛玲」，她已是金門的牧羊女、兩岸散文的牧羊女。先來、後到順序可以改寫，她的默默認真書寫，已足以「飛越」文學山頭，填補數十年文字空缺，這倒讓我擔心，萬一有一天，她不再謙稱我為「老師」，甚且我得改稱牧羊女為「老師」呢？

「師者」也是「學生」，「學生」也可以「為師」，文學場域上，先起跑的不一定率先跑到終點，或者說，那個終點被不斷不斷地往後推移……在散文、新詩、散文複沓的牧羊女告訴我，複沓是作家心靈的反芻，實則已經到了遠方，屆時，我必然心悅誠服敬酒，她也會舉杯齊眉，瀟灑再乾幾杯。

我們都明白文學不需要「將軍」，而是有了兵與卒，以及過河的勇氣。

【作者序】

往事如此遙遠　回憶如此親近

一百五十三平方公里的島鄉，當年怎麼看都沒有遠方，要走出這小島困難重重，除了土地貧瘠，霧季雨季風浪等等因素，沒有客輪沒有民航客機。望著萬里無雲的天空或海浪波濤洶湧的臺灣海峽，只有島嶼，沒有遠方。軍管時期，搭乘軍機軍艦要政府相關單位批准，遑論年幼的我哪裡知道島外有島人外有人？

島嶼就這麼小，人口少，故事也不多元，充滿愛的味道，往往寫著寫著情節就重複了。

十數年無知的歲月，因著身體腦袋逐漸被光陰洗禮，在島嶼艱困磨練下，父親上山下海，母親養豬餵鴨，我像是他們的尾巴，跟前跟後，竟也約略知道番薯、花生、高粱、小麥、海裡的小魚、小島一日一日蛻變，於今看起來一片祥和，不再悲情。回望那沒有遠方的日子，父母的日常正是我們成長的軌跡，心想島鄉習俗小故事必須寫下，舉凡手足同窗朋友共同記憶裡的清貧、笑聲、無知……許多古老物件、習俗，乃至跟著父親騎驢上山，在漫長過程如摺痕烙印，如血液般流竄全身，必須如實記下不可或忘。

悲歡離合酸甜苦辣交織的青衿日月，想網住島上種種風情。詩與散文，且書且記。三言兩語道不盡一路飄風急雨，只是就著記憶回顧，在島嶼長大，往事如此遙遠，回憶如此親近，離開職場六年了，斷斷續續把昔時舊事用文字記下。

民視二〇二二年第九季「飛閱文學地景」採用拙作〈乾杯，不是酒〉代表金門。金門以高粱酒聞名，何以乾的不是酒？島嶼蘊含親情人情鄉情，是以這首詩乾的是許多人的鄉土情。以散文形式書寫各式各樣過往小故事，詩也是故事延伸的一部分。所有走過的，都是生命的一部分。因此用此詩詮釋蛻變的金門。

〈乾杯，不是酒〉

海峽的浪翻滾，
似浯島被風吹過的麥田
浯江溪水靜闃，
父親與我之間換了密碼
幼時赤腳追逐，只因夏日一支冰棒

約會總是像貓一樣
冰菓室大門開著
咖啡館尚未誕生
木麻黃是一排排不敢張揚的嘴舌
針葉燒著灶上的貧困
地雷羞慚躲在地底
軌條砦獨吞海浪憤怒
母親張羅的春夏秋冬成為紀念品
臍帶被剪，臺灣海峽哽咽
離巢的少年哭泣
背著輕輕叮嚀：要吃飽哦
醇厚酒香入喉，不僅是酒哪，
我知道58度汁液醇甘
站在太武之巔，邀您舉杯
乾一杯倫常，

乾一杯苦難，

再乾一杯就是歷史

回首撿拾總想到那童年，想到打赤腳流鼻涕奔跑，想到一簍筐一簍筐番薯及剝不完殼的海蚵，想到沒有校舍的學子生涯，想到海運空運都不方便的年代……每一位和我同時期成長的浯島鄉人們，我們終於各奔前程，編織屬於自己的故事，有喜樂有哀傷隨著歲月往前，一切都在每個人的掌握中前進，站在太武山巔凝視我們的島，不再沒有遠方。

親情

愛簇擁著
麥芽糖的童年
溫暖每一篇家之書

家書

家書是人世間最溫暖又美麗的等待，也是最珍貴的文字。

記得曾讀過一則小故事，二戰爆發時，一位因為戰爭必須離開女兒的猶太人父親，烽火蔓延中不忘給他六歲女兒陸續寄了九本小書，用圖畫和文字跨越時空，表達對女兒的愛。戰後，九冊小書奇蹟般完好如初，成了父女共同存在的記憶，這是家書的意義。

想起弟與父母親走過五十年書信生涯，累積五百多封家書往來的故事。

「**父母親大人尊前：**

有關產婦動手術一事……再不開刀恐會影響嬰兒未來的腦部發育，此乃動手術之主要理由……在美國生產動手術很平常，煩請雙親不必掛念……兒叩上。」

純樸的父母，難以想像何以生小孩需要動手術？內心的焦慮慌張無法形容，兩老忐忑不安，趕緊到廟裡拜拜祈福，求神明保佑。隔一汪臺灣海峽已夠遙遠，目下竟然在太平洋彼端，抬頭看萬里無雲的蒼天。真是遠在天邊啊。

「吾兒：

喜獲孫女，為父母者非常歡喜，只求健康平安。你寄回家的三千元收到了。今年花生剛採收完成，收成不好。

你要好好照顧小孩……汝母交代養兒育女要有耐心……父字。」

終於接到來信報平安，整個月不安的心總算安頓。

弟初為人父，顯然生活亂了步調，手忙腳亂，來信述及奶瓶尿布改變了生活，大人睡眠不足。母親則擔心媳婦在異國無法坐月子，望著從鄰居那買回的純麻油，嘀咕要是能送一瓶去美國該有多好。

「父母親尊前：

上星期與指導教授談及未來工作規劃，今夏應是兒應考『博士候選人資格確定考試』的時候，七月底以前須將『分析三度空間鋼架結構的電腦程式設定』完成，請勿掛念……兒叩上。」

「吾兒：

高粱收割了，雨水不足，收成普通，汝母餵養豬隻賣了。家事不用掛念，你身體要注意，小孩要顧好……父字。」

這家書一來一往，看似各說各話，經常牛頭不對馬嘴，兒子交代論文進度，父親細訴豬隻賣了、收成不好，地球那一邊一封信要一、兩個月才能收到。空間與時間，竟無礙父子間溝通，父親用拿鋤頭的手寫信，主要是必須知道彼此的日常安好。

老家住外島海邊小村，父親終年汗流浹背，母親操持家務兼養家禽。弟是兄弟姐妹裡的老么，就讀高中一年級時，數學老師是剛從師大數學系畢業的預官，建議弟到臺北考插班，因而高二開始離鄉背井，父母很不捨小兒子這麼青澀就要離巢遠行，心疼小小年紀必須獨自在臺北生活。當年沒有電話，寫信與打電報是出外子弟與家裡唯一的連繫。臺北是大都市，很陌生也令人嚮往，鄉下人對它是有幻想的，十六歲的弟卻開始異鄉異地的生活，用寫家書與老家連繫，因此，從他的信約略看到些微的臺北。每個人成長過程都有故事，只是對於十六歲開始鄉愁的少年是沉重了些。

弟的家書很精彩，在臺北所見所聞一一敘述，往往讀著讀著意猶未盡，近期偶然間重閱經年泛黃易碎的信紙，原來我是和弟的家書一起走過漫長的人生。

父親對於弟的每封來信反覆閱讀，彷彿閱讀世界名著般百看不厭。他聯考、工讀、服兵役，透過書信幕幕在父親眼前。婚後攜妻遠赴彼邦修讀博士，寫家書也不曾間斷，姪女出生體重多少、身長多高，甚或形容他女兒將來會成為國手，有一回寫著：「**我們現在正在培養中華籃球**

隊的女國手，孫女身長腳長，再過十八年，大家等著坐在電視機前看她上場吧。」初為人父的喜悅，都想兒女會如何出人頭地，父親對兒子，兒子對女兒，代代相傳可見一斑。一日日成長的姪女像跑馬燈一般，數十年一瞬。在農村的父親因為透過兒子家書，也瞭解西方國家的諸多趣聞趣事，弟與教授之間的論文論點，都不厭其煩一一寫到信裡，世界流動變化大也是書信裡的主軸。久而久之父親農夫不出門，能知天下事。

一位忙於課業的人如何利用時間寫信？所謂「冬者歲之餘，夜者日之餘，陰雨者時之餘」，弟把寫家書當首要，充分利用時間，他說，再忙，每個月初也要騰出一個早上，清靜一下頭腦給父親寫一封信。其持之以恆令人忍不住想問如此認真寫家書是何原因？他說：「想讓務農的老父傍晚休息時，能拆閱一封遠方兒子的來信，雙親會非常歡喜，何況家書也是家庭教育，我正直素樸的一生來自於父親。」

弟從離家開始寫家書到父母撒手人寰，像定期定額的基金，每個月初固定時間書寫二至三頁十行紙，為免父母擔心，所有思念透過家書一筆一畫寫了幾十萬字。弟習慣把信紙寫得滿滿，不容空白，他說要讓父親讀起來有滿足感，起先應該是對家的思念而訴諸文字，到後來成為習慣。父親不只一次說：「妳弟寫信很仔細，我喜歡讀他的信，每封都讓我覺得很安心。」

回看匣子打開，很久很久以前弟大學聯考前夕，是家裡的大事。誰知他在考前鬧肚子，一把一鼻涕一把眼淚，怕影響考試成績，由三哥陪考，韌性十足的他撐過兩天考試，不敢告訴父母，幸好影響不大。考完試父母得知，心疼不已：「這孩子，惹人心疼。」

弟上大學繼續寫家書，利用時間工讀，賺些錢寄回家給母親貼補家用，逢年過節會幫母親掙點用度，減少家用煩惱。寫家書則緣於家風，父親幼時受了幾年私塾教育，為守家園，不像鄰人一窩蜂下南洋，年輕時經常幫鄰居寫信，直到大哥成年才由他接手為南洋姑叔們寫家書。每每寫完後複誦一遍給母親聽，母親總會加上一兩句心底話。

家書是一縷飄洋過海穿越時空的長絲，繫住遊子漂泊的心。

種田的父親常常忙完農事，晚上就著一盞昏黃煤油燈，拿慣鋤頭的手顫抖地一字一句寫著，沒什麼大道理，就是交代要吃飽穿暖，注意身體，母親在旁邊加點意見。農村日子平淡如水，春去秋來沒什麼波瀾，與弟之間書信往返成為重要日常，遠距一來一往家書讓父母親陪著兒子成長，兒子悶著頭一直往前走，返家的路遙遙，因而衣食住行社會現況等等盡在筆下相會。

憶起昔時如果軍機抵達母島時間不變，收信日期就不變，家門口紅大埕綠衣人騎摩托車的噗噗聲，由遠而近，由近而遠，久而久之綠衣天使和父母親相熟。父親經常迫不及待就地拆開信件閱讀，此大埕是兩代親子交流場域，信是親情的元素。母親站在一旁等待父親唸給她聽，聽完喜孜孜餵豬去，父親也腳步踏實虎虎生風繼續上山下海。

偶爾軍機未如期抵達，延宕些時日未見有郵差到來，父母親內心焦慮腳步沉重，是出了什麼事嗎？想得多且複雜，往往無精打采。有幾次因為霧季，霧鎖浯江島，伸手不見五指，三個禮拜沒有飛機，沒有信息，嬌小的母親天天往城裡跑，她想城裡消息靈通，後來經他人指點，沒聽到有什麼壞消息，就是好消息，何況真是濃霧的原因。父親則天天望天興嘆，焦躁不安，把耳朵拉得長長，傾聽有無軍機掠過，日日期待吹北風或出大太陽，何時霧散？揪心哪。

弟的家書與氣候、軍機、霧季緊緊連結。

在父親人生末段歲月臥床不再能回信，弟仍月月如期向母親報平安。及至今時為自己無法晨昏定省自責，每每提及，經常淚流滿面。父親離世到母親逝世相隔五年間，母親身體也愈來愈衰弱，經常一人踽踽獨行向城裡的方向，腦力不聽使喚，潛意識最為惦記還是她小兒子，某日我與姐妹們回母島娘家，晚間她躺眠床上，尚未入眠，我與姐姐逗弄她，想考考她的數數：

「麻啊！妳有幾位內孫、外孫？總共幾位？」

她微微笑著，扳著指頭數啊數啊數睡著了，我們各自回房，這是最後一次看母親安然睡著。

夜深了，母親起床沿著微弱路燈一路前行，她經常無意識行向城裡的慈湖路，孩子們都經過這條紅土路各闖天涯。路與海邊近在咫尺，岸邊白茫茫芒花密且高，母親啊您不能迷失在芒草裡，孩兒們會找不著，這些描述有關母親的種種，總會讓弟邊寫邊哭，他一會在太平洋彼端，一會在對岸，大半忙碌無法經常承歡膝下，臺灣海峽深且遠，他想日日逗著母親不可得，透過紙筆思念。

這麼長的寫信時光，有些事弟的家書不會提，以免他們擔心，譬如同學惡作劇把他的鬧鐘調慢了、感冒發燒、腹瀉、外套因化學實驗燒破一個洞之類的事，絕不能讓遠方的父母擔心。

多年後他告訴我當年求學極懊惱的事，夾克在化學實驗課被燒破一個洞，認知家裡經濟窘迫，要錢買新夾克是困難的事，就繼續穿著吧。可是每回搭0南公車，一車子北一女青春飛揚的少女，總是讓他羞澀地拿起書包擋住衣服的破洞。青衿歲月，總有一些小小不為人知的祕密。這些少年煩惱家書不寫。

前些日子父親忌日，我們姐弟回老家，在機場碰到一女子，熱情趨前，向弟道：「教授，你不記得我啦？」弟嚇一跳平常沒做什麼越軌的事啊，竟有陌生女子搭訕，正納悶著，對方接著說：「我之前在某大學郵局任職，你每月寄信匯款，都是我幫你的啊。」了得，已經過了數十年，竟然寄信匯款讓郵局職員經過這麼漫長時光還記得，已然是家書外一章。

父親透過簡短信箋以正直誠信和弟不間斷往返，紙短情長，也是另類遠距教育。我們兄弟姐妹及侄子輩一出世，他都會做一件事，一條長長朱紅布條，仔細寫好生辰八字，我們好奇弟的女兒在地球彼端出生，父親有無把生辰換成我們的農曆？弟說一切以父親的記載為準，有了父親親筆書寫，東半球西半球的時差不重要。

歲月消失，留下了日子。

彷彿看到父親仍然在老家客廳一隅，昏黃燈光下顫巍巍的寫著：

「**吾兒：**

父親老了，再提筆不易，望你瞭解，家裡事勿牽掛為要……父字。」竟不知這是最後一封信。

弟回饋雙親最貴重的禮物，就是宗親在祠堂高掛「旅臺學首」的匾額。

五百封家書的重量，堆疊北斗星的永恆。

為母親買一雙繡花鞋

少小離鄉，細數歲月，與母親常相左右不過二十餘載，算是情緣不夠深吧。

長期未能侍親，母親年邁時期，步履蹣跚拄著拐杖，影子牢牢烙印心底，為表內心不安，經常利用午休空檔逛城中市場，市場裡面應有盡有，尤其是老年人衣物用品，舉凡吃的、擦的、暖的、涼的、洗的、曬的林林總總，經常逛到流連忘返。寒天該為雙親購置羊毛內衣褲，酷暑該購置麻製背心，有些時候連洗衣精都想帶回浯島。如果您也度過那個年代；物資缺乏交通不便，什麼東西都想攜回家。然而，回娘家真是艱難大事，不是乘登陸艇就是搭軍機，可以想像為人子女的我，多麼想用物資掩飾自己的不孝。

在武昌街有兩家賣繡花鞋；一家在武昌街上，一家在巷弄裡，逛著逛著就想為母親買雙繡花鞋，總是特意選購繡著鮮豔花朵或豔紅色彩的緞面鞋，回到家裡，哄著母親，沒有人會看您的腳。來！穿穿看。當然母親為讓我開心也會歡歡喜喜穿上。棉襖也是，我喜歡母親穿有顏色的衣服，如果穿件棗紅棉襖，那就更佳了，往往為了母親穿上新衣走出家門，內心竊喜著，鄰人會看到母親穿有花色的衣呀鞋呀，順便挑釁一下上一代女性不是灰色布衫就是藍色布衫的無色彩社會。可是母親靦腆，生活在這般純樸農村怕過於招搖，經常應付我走個過場，而後高掛衣櫥裡。我仍然固執要為她買花俏的。

父親比較不挑剔，給啥穿啥，我幫他買的功夫鞋他最愛，偶爾也要來雙皮鞋配上長大衣，應女兒要求摩登一下，可多年下來，皮鞋依然嶄新。

皮包裡長年放著父親、母親鞋長的尼龍紅繩，因而任何時候想為他們挑選一雙鞋子，丈量紅繩長度買回必定合腳，當女兒的似乎只有這一件事可做。

從西區到東區商場上拚戰，事隔十多年竟對城中市場有些許模糊。去年上半年公司遷址由東區再到西區，整理衣物，翻到兩條紅色尼龍繩，凝視良久，父母往生多年了，無緣再為他們購買衣物，這兩條尼龍紅繩藏了這麼久，多麼想再為母親挑一雙繡花鞋，最好鞋面是牡丹花鑲著珠子，亮晶晶的那種，母親穿在腳上一定美極了。

猶記每一年端午節過後回家，會看到母親把所有棉鞋、布鞋、繡花鞋，一雙一雙羅列在天井曬太陽，在她腦海裡衣物通通是小女兒買的，我不敢居功，早期是我購買，後期姐姐們移居臺灣，也常常分頭採買，因而衣物算是豐盛，心裡明白盡孝不僅是物質而已，能陪著說話、陪著散步、陪著吃飯、陪著燒香拜佛；幫著換裝棉被、幫著收納衣物、幫著曬曬鞋子、幫著搥搥背……啊！似乎什麼也沒做；身為父母親的么女，得寵最多，孝道卻盡得這麼少，悵然。

即便到今天年紀一大把，經常想起父女、母女緣分應是深的，可怎麼相處時日如此短暫？當年稍不順心，撒個嬌總會稱心如意；如今，父母不在，向誰撒嬌。今兒，走過繡花鞋店，一位前中年女子，東挑西撿端視繡花鞋兒，佇立她背後思索半晌，很想與她說些話，或問她的母親……猶疑著，終究是陌路，不好搭訕，寥落離開。心想女子必在為她母親挑一雙合腳的繡花鞋。

年關在即，若能也為母親挑一雙繡花鞋，親手為母親穿上，陪著母親在門口走一段，再走遠一點，到城裡觀音亭燒香拜拜，母女同行，多美好啊。記憶裡唯一一次與母親攜手逛街，應該是就讀高一的時候，母親年近花甲，女兒初長成，帶著女兒到后浦街上買了一件桃紅領子的黑外套，母親從內衣口袋掏出皺皺的幾張紙鈔，無疑存了些時日，年少的我卻大剌剌為了一件外套把它給花了，時光忽悠，若是今日必定告訴母親一起逛個街就好，外套不必買。領悟到這道理卻是成年後的事了。

初次旅臺，渾渾噩噩約莫半年，回家是唯一想做的事。暑假一到即刻搭了柴慢火車八小時趕赴高雄十三號碼頭，等了數日艦艇，欲搭乘返回母島，又是風浪又是船期，一再延宕，折騰了些時日，船終於啟航，一抵料羅灣，三步做兩步是如何到了慈湖畔的湖下村一三二號已不復記憶，只記得當下母親不在家，撲了空的心，跌到谷底，得知母親到后浦觀音亭拜拜，整個人急著往慈湖路跑。半路，就在半路碰著前方緩緩行來的母親，母女倆抱著頭痛哭，半年不見我親愛的阿母就在這一刻淚流滿面，到底離開母島為哪樁?直叫無語問上蒼，時至今日仍未清明。

心不甘情不願的又必須離開雙親，兩老百般不捨，母親從床鋪底下取出兩瓶年代久遠的高粱酒，瓶身沾滿灰塵，商標些許模糊，父親用抹布拭擦，再用尼龍紅繩把兩個瓶口呈八字形綁緊，嘴裡交代：「孩子，到了臺灣人生地不熟，緊要關頭，可以當伴手禮，讓人家事情好做些。」眼眶含淚，這樣每回兩瓶的酒，累積十數瓶，無論遇到什麼困難，萬不得已我不拿出來，對我而言，酒豈止是送禮而已。

只有一次例外，大哥生病躺在臺大醫院，弟弟與我，兩人都未滿二十歲，也不知哪來的勇氣與世故，拎著兩瓶有年份的大麴到臺大醫院找主治醫生，懇請他為大哥盡力。許是誠意，許是純樸的兩張臉，該醫師對大哥及家屬親切和藹，雖未挽救到大哥，但大哥臨終說了對家人沒有任何遺憾，大夥都盡力了。對醫療人員我們仍然心存感激。

因著繡花鞋，想起母親，想起高粱，想起大哥，想起家鄉點點滴滴，記憶長河深邃、無聲，似醇厚高粱流過喉嚨，一溜煙全都陳年往事了。

眼下人來人往，選購繡花鞋的女子已然離去，望著鞋攤上每一雙鞋都映著母親的臉。

隨母親拜拜

農家小村莊，每家鄰人悲喜隔著窄巷沒有祕密，人情味瀰漫寧靜的小村，共享寧謐祥和的日常，有自己的信仰、用自己的儀式。稚騃童年，日日像晴天一般清朗，什麼都不懂，看著母親經常淨身淨衣膜拜各方神祇，天公要拜、觀世音菩薩要拜、祖先要拜、土地公要拜、灶君要拜……以到雙忠廟裡拜尊王最為密集，似乎沒有一定的時間表，只要是心裡煩悶，大至惦念在島外的兒女，小至母豬要生了……都是拜尊王的好理由，精神寄託超越拈香跪拜本身。偶爾會想神明被村裡善男信女大小事問個不停，祂會嫌煩否？似乎不會，因為每當母親去點香點燭，捐一點香油錢後，會看見她閃閃發光的雙眸、舒展的臉龐，回家對兒女說她許了什麼願，祈求保佑全家大小平安、再祈幾個平安符、擲了幾個聖杯，因為雙忠廟尊王做了最好的指示，因此母親生活很是踏實。

娶媳嫁女更少不了要詢問尊王的意見，凡事請尊王指示給個聖杯。小時候陪母親去廟裡，望著燈光昏暗，七爺八爺們穿著古式戰袍，留著長長的鬍子，黑黑的臉，日夜佇立廟裡兩旁，幾炷清香繚繞，內心忐忑不安，感覺瀰漫魅惑，拉緊母親的衣角，看她容顏肅穆地交代：「在神明面前不准亂說話，神明會生氣，不可冒犯。」嘴巴緊閉，其實對那些神祕神像存著恐懼，感覺像老房舍流傳的陰森魅惑，謹遵母命，聆聽她在訴說什麼事？不敢多言，因母親跪拜了半炷香，嘴裡唸唸有詞約略是保佑全家平安，孩兒取得功名之類，幾乎全家人名字都被唸過一遍，一一向尊王稟報，不曾遺漏。到現在我仍養成在神明面前不敢胡說八道，也教導孩子在神明面前應該有的敬謹，總是用恭敬的雙掌合十，遺憾仍沒學會向神明訴說的話該如何說，往往三言兩語就詞窮。

我們兄弟姊妹似乎也愛看母親抽的籤詩，往往心情會被抽中籤詩影響，尤其抽到上上籤心情也隨著輕鬆愉悅，並且相信一切如籤詩所言，逢凶化吉，步步高升等等，母親信奉武安尊王，我卻相信母親，她去廟裡拜拜祈回平安符，其實是濃得化不開的母愛。從初入社會到今日退休，錢包裡一直存放母親為我祈求的符，兄妹要出遠門放在口袋的平安符好似母親隨在身旁般的安穩，這麼多年，我每回出國晚上睡覺，在異鄉異地，必定把平安符拿出來放床頭始能安然入睡，一夜好眠。

廟宇位於美麗的湖下村慈湖路口，慈湖路到了村子右拐左邊就是了，是全村宗親信仰中心，平常亦香火鼎盛，解決人們心中疑惑。雙忠廟供奉的是許遠、張巡、雷萬春三位大將，都是忠貞勇猛之士，許、張二公文武雙全，村人尊稱為「武安尊王」又稱張巡為大尊王、許遠為二尊王，另配祀雷萬春為三尊王。他們是唐朝反抗安祿山的忠臣，值得後人奉祀敬仰膜拜。

父親說雙忠廟非常靈驗，遠近馳名的八二三砲戰，村裡因為有廟裡尊王的庇護，損傷極少，因此每年農曆正月廿五是雙忠廟做醮，經常是一連三天，鄉親會極盡所能辦一場熱鬧廟會，並說「儉腸捏肚，等著正月廿五」。這天馬虎不得，盡全力辦得澎湃是共識。村裡重頭戲當然要「鬧熱」，以慶祝武安尊王聖誕千秋，各家各戶辦桌宴請遠來親朋好友，而且不能吝嗇，鄰人會探頭探腦看你如何過這一節日。

做醮趨吉避凶，也凝聚族人團結。弟弟已然是世界知名的力學、結構專家，受母親的影響，只要返鄉，一踏進村裡，必定先向三位尊王跪拜行禮，想必懷念父母更是重要元素。

拜拜這件事，以上太武山海印寺最為神聖，昔日由軍人駐守，平時百姓無法上山，唯有過年期間會開放幾天，初九到海印寺拜拜由父親執行，一早從湖下村行路到海印寺，傍晚時分才回到家，來回走路要一天，父親個高腿長，若由嬌小的母親負責，我估計要一天半才能完成。

當然，浯島各村幾乎都有廟宇，土地公廟、媽祖廟、觀音亭、將軍廟等等，密度極高，俗話說：「角頭無廟不興、莊內無人不旺。」又說：「無宮無廟，鄉里不興。」「宮」指的是祭祀廟宇，「廟」指家廟宗祠，各個村民透過神明祖先庇佑，一切安好，無怪村村有宮廟，沒有危害他人的信仰，燒香跪拜何妨？每當風微微吹著、陽光暖暖灑下的時分都是拜拜好時光，隨母親前往雙忠廟，竟成一輩子的懸念。

父母親都離開我們好些年了，每每想起母親的話，仍然深信不疑，各種母親的禁忌：初九拜天公勿說不吉利的話、年節勿打破碗盤、農曆七月勿帶幼兒在外逗留太晚、口不出惡毒言語……母親似乎是置入性行銷，讓我此生信奉不渝。

近幾年聽鎮守家鄉的二哥說，現在的正月廿五更是熱鬧，下午廟口各種表演、唱戲，唱完戲鼓車隊敲鑼打鼓，各家派男丁參與，繞行全村，祈求村民平安順遂。村裡每戶人家合夥請餐廳整治筵席，主人輕鬆待客，一道一道大菜上桌，承平景象都是尊王賜福。雙忠廟是守護神，彷彿看著母親提著香籃盛滿牲禮香燭緩步前往，而我仍然拉著衣襟既害怕又好奇跟著，似乎還流著鼻涕，兒時景象依然像跑馬燈般重複播放。

神明啊，請祢繼續指引我們，世界混亂、病毒肆虐，賜人們健康與平靜的心。

昨夜夢裡陪母親到雙忠廟拜拜，提著父親用竹片手作的香籃，裡面盛著發糕、香、金紙……尊王啊，勞煩祢永不止息的照護信男信女，母親帶一抹笑意安祥跪拜著。

芒花深處憶母親

蘇聯文學創始人高爾基曾說過：「世界上的一切榮耀和驕傲，都來自母親。」但丁也曾經說道：「世界上有一種最美麗的聲音，那便是母親的呼喚。」

母島滿山遍野的芒仔，分不清禾芒品種，只知山裡如波浪一般的白，一片蒼茫，農作似乎變少。二哥說是種田農人變稀微，太辛苦了，無論種了何物都成為鳥類啄食目標，人們有錢有閒，逐慈堤賞鳥，二哥非常不齒，何以只顧及休閒未顧及鳥類對農作物的傷害，農人難防鳥群偷襲作物，索性不種五穀雜糧，尤其是高粱之類，越少人種越不夠鳥食，產生惡性循環。焚燒雜草或撒滿整片油菜花養地。有經濟價值的穀粱種植者愈來愈少了。

芒草範圍有愈來愈大趨勢，整片白茫茫，莖卻根根分明，美是美啊，可惜沒能仿效歐盟國家發展成替代能源，任其自生自滅。

受一山白芒誘惑，倒是情人好去處，散步其中卿卿我我充滿詩意。至於長在海岸邊的芒草我一直誤認全是蘆葦，其實不盡然。隨海浪拍打，每一聲浪都是情人的語言，情侶在及人長的芒叢之間，情話綿綿，我左腳你右腳，你前腳我後腳，每踏一步就是天涯海角，每說一聲都是海枯石爛，說好的，共度此生。天涯沒變，人變了。

芒花或枯，情或變，唯有海岸不變，海浪亙古拍打，昔日人們有了白芒般的滄桑，歎息聲配著浪濤聲。

那如姑娘眼睫低垂的芒花，從潑墨畫裡消失，因為……當時母親已年邁體衰，那日姐妹們回娘家，晚間她躺在眠床上，尚未入眠，我與姐姐逗弄她，考考她的數數，竟然全答對了，還微笑說，簡單。

清晨三點二嫂發現母親不見了，是從後門無聲息溜出去，拐杖也不見，隔壁堂嫂說母親顯然遺忘時間與地點，凌晨三點敲了她的窗櫺問：「有人在嗎？」堂嫂看著窗外黑影，頓時嚇出一身冷汗，隨即想起應該是我們的母親。大夥猜測她應是沿著微弱路燈一路前進，九十三高齡的老母親，一人向海的方向踽踽獨行。

沿海偌大一片無盡的白芒，從湖下往左是後浦，往右是古寧頭，她身影嬌小，在大片芒叢中很難被發現，我恨死這無盡菅芒，兄弟姐妹急得滿頭大汗，死命往芒草叢裡尋她，問了海岸邊崗哨守衛，是否看到一位瘦小的老婆婆？沒看到，母親佇在大自然中是太顯小了。

二哥說這整片海岸邊的菅芒，晚秋臨冬的氣溫驟降，晨間寒意逼人，陷入叢中何止危險？也可能失溫，此時不再有眼睫優美的幻想，眾手足在芒叢中翻撥一晨間，請求眾神，把所有芒草化為烏有，還我母親。

近午時分終於聽到警車開往家裡方向，二嫂一向機伶，直覺警察把母親送回家了，果真母親顫顫巍巍下了車，面帶微笑：「這位老師人真好，請我吃蛋糕喝茶。」餓壞了的母親被人發現送往警局，母島面積不大，這種時候地方小反倒是優點，警方知是吾家老母，直接送回。母親喝了熱茶、蛋糕，渾身無恙，我們感恩人民保母溫馨送她回家，老人家不知她把子女嚇壞。母親、白芒、我們兄妹奮戰一個上午。

我無數次遠望滿山遍野，仍分不清禾科各種芒草的長相，只道母親曾經在其中迷失了。走過山山水水半世紀，回顧我的母親只有心疼，一生都聽她說，我不愛吃，你們吃吧。當年以我們家條件，有什麼東西可以不愛吃？是不捨吃，生怕孩兒少吃了，久而久之凡是較珍貴食物，她總說，我不愛吃。時光歲月裡，她不曾吃過上好料理，也因為總是說「不愛吃」竟成為習慣，終年吃那比素食還素的地瓜稀飯至終老。晚年甜點及奶粉她會食用一些，其他葷的、水果、蔬菜也極少食用。回顧母親的一生，就素樸二字。

食：輕淡簡單，地瓜、地瓜籤、麥糊是母親主食，有了年紀後地瓜稀飯配肉鬆是她唯一的三餐，外加克寧奶粉、方糖。有趣的是有一陣子她頻尿，有人跟她說喝保力達有效，從此她後半生最愛保力達及克寧奶粉，她只認這兩個牌子，別的奶粉不是奶粉，因而，回家只要各買兩瓶，她會笑微微收下。其他珍品、山珍海味一概視同無物。

衣：永遠藍、黑、灰，由二姐親手幫她縫製的對襟或斜襟布衫。記憶裡的母親，四十幾歲因替祖母守孝，竟養成習慣，再也不曾穿過有花色的衣物。我多麼盼望母親可以和臺北的媽媽們一樣穿得花花綠綠有一個彩色人生，可只能從棉襖、繡花鞋著手。每回買稍有色彩的衣服，看她眼神瞬間發亮，然，竟也只是掛在衣櫥，樸素慣了，稍有花色也不好意思穿。母親沒有過什麼化妝品，回想起來只有一瓶抹髮茶油及一柄木梳，而九十五歲的她，臉上沒什麼黑斑，髮量多白的也不多，清水就是名牌保養品。乳霜、粉餅於她都是多餘且陌生。

住：十八歲嫁入楊家，不曾離開過湖下村，若有，僅隨父親在村子裡遷徙，到了兒女成家立業，想帶她到臺北定居，她嚇壞了，臺北高樓大廈會令她不知所措，她說，抬起頭來會頭暈。也懼怕電梯門打開的剎那，車來車往緊湊到喘不過氣，都會生活不是母親要的，故而，待不到三五天便要回金門。

吃清淡的地瓜稀飯，安逸坐在門口等孩子們的家書才是她最大樂趣。從來母親不會讓我們找不到，頂多到二百多公尺遠的雙忠廟或遠一點的後浦觀音亭。可她人生末端的日子偶爾會走失，光陰無情，沒有為母愛的記憶留到最後一刻。

行：這純樸農村，談不上交通工具，靠一雙腿行走是唯一，去燒香拜拜也永遠一路走到底。一回走在慈湖路上，促狹成性的二哥路上碰到母親，大氣不吭一聲，停車，請母親上車了，一路到家門口，下了車她向二哥道謝：「這位少年耶，你人真好，送我到厝門口。」想這可惡的二哥，卻覺得好玩，不告訴她我是妳兒子啊，母子為日常增添一點生活趣味。

二哥的菜園會唱歌

二哥從退休那日起，回歸田園，整了一畦菜圃，過著與世無爭的日子。把一人之下數十人之上的公職生涯、五湖四海的朋友、加上菸酒不離的人生，皆拋諸腦後，自個兒營造一個小小江湖。

他的桃花源裡沒有人，只有花草樹木，沒有恩怨，沒有是非，他認為思想不能被綁架，當一位純粹山野人，小田園蓊鬱具飽滿芬多精，蘿蔔在地裡苦瓜在藤上，苦瓜釀酒也只想測試人生，眾多瓜菓菜蔬，黝黑肌膚配合陽光，水桶扁擔，不再想當年的事兒。

童年在田園邊奔跑長大的我，可以理解二哥早早離開公務單位的原因，彼時條件達到那天，即刻申請退休，一天都不耽擱，他說：「把機會讓給年輕人。」因入社會早，所以退休時也才五十出頭，他豁達幽默，自嘲週休七日尚有薪水，夫復何求，因而開始苦中帶甘的日常。從清晨到烈日當空，再到夕陽西沉，數十擔的水要挑，一瓢瓢澆著一股一股的菜，日日行之。

事隔二十載，萬萬沒想到政府年金改革，每個月硬生生砍了他一萬多元生活費，所幸他一直把重心擺在三、五千栽的菜園，隨著節氣變換種植各類菜蔬，整片菜園像是虛幻裡的桃花源，天空特別高、也特別藍，空氣清新泥土鬆軟，腳踏著地像踩著柔軟海綿，很是踏實，每一株菜，韮菜、茼蒿、高麗菜、花椰菜、芹菜等等各有姿態，二哥不施農藥，大半會買高粱酒糟施肥，他說，有蟲子就打一盆辣到底的辣椒水灌它。我經常蹲在田裡邊嗅聞菜香，抓一把泥土，問他種種問題，末了也必問：「少種一點，每日挑那麼多水，不累嗎？」他總是笑微微：「習慣了，且現在習慣耗在菜園裡，朋友邀約應酬都不想參加。」成日心思放在這一小畝田地，這麼多深深淺淺綠色嫩葉，身置其中，猶如和菜園熱戀。

這菜田裡有二哥的汗水、鋤頭、水桶，外加一間他每日虔誠膜拜的小小神明間，裡面供奉海漂撿回的土地公、媽祖。二十年晨昏，二哥自找樂子，早上邊澆菜邊唱歌。他說，以前駐軍多，晨間國歌、國旗歌、軍歌，從遠處飄來，我的菜園是充滿音樂聲的。現在駐軍沒了，我自己唱，不然園子可寂寥。

整治這園子也不是那麼容易，初始二嫂不是很想投入，卻也不得不投入，有點被逼著夫唱婦隨，尤其炎炎夏日，白晝長，她從清晨到傍晚張羅著送茶、送咖啡、送水，幫忙拔雜草，還得聽姪女交代要不定時去田裡瞧瞧，別讓二哥中暑。待菜苗長成菜，爭取時間採擷，除了自家食用，剩餘的也適量賣予城裡貞節牌坊下的菜販。

每一回踏進娘家門，即刻想去菜園，再者想去二哥的「動物園」，這是孩子們為二舅豢養牛羊雞鴨鵝取的名字，二哥總歡歡喜喜陪我去園圃，並且消遣我：「想要什麼就帶回去，那二只大木瓜好了。」二個黃澄澄木瓜，必定可口，看著就垂涎，二哥二嫂對於兄弟姐妹一向大方，要什麼給什麼，不要的也盡可能要給。

二哥也有煩惱，除了種這一小方菜圃，不再種高粱了。

因為周邊鄰居的田地任其荒蕪，長著雜草，農作物少，全部鳥類集中火力在他這富饒的園子，必須架許多假人、稻草人、旗幟，否則高粱穗會被啄光。無論種了高粱、麥子都成為鳥類啄食目標。農人難防鳥群偷襲，索性不種，尤其是高粱，消極抵抗，越少人種越不夠鳥食，產生惡性循環。有經濟價值的穀粱種植者愈來愈少了，說著說著滿懷無奈。

二哥是我心目中萬能的神級老帥哥，他把菜園整理得極科技，也很詩意，挖一口水井，安裝泵浦，吸了一池的水，水上飄幾片荷葉。收藏一年四季的煙雨，孵育出一園的綠，手巧，讓假人真人般佇立田間招搖。這畦菜圃非常特別，田埂邊環繞花花草草，我忒愛巨碩的玫瑰及燦爛自得的紅白茶花，桂花花小，乘隙把香氣飄出，含笑花也不遑多讓，各領風騷。看著各種植物，一陣風吹來，綠葉花朵隨風搖曳，葉子是五線譜，各色花兒是音符，就似一首一首不同的曲子，我說：「二哥，你真會教，你的園子會唱歌呢。」

寄情這園子，因為父親生前在此種植地瓜、高粱、花生，他的身影烙印在腦海。我經常幻覺父親一擔一擔的水在澆他的農作，高粱成熟時，一身浹背的汗混著高粱顆粒弄糊一臉，歷歷在目。到菜園感覺父親還在，用他慣有的好脾氣，犁鬆他的土地，慢條斯理的壓番薯藤，父親不在了，換二哥接管這園子，菜圃變繽紛多彩。除了種田這回事，二哥也承襲家鄉繁文縟節，人情世故，一概問他就明白了。

再次審視周邊的木瓜、芭樂、龍眼、香蕉，很守本分的，隨季節開花結果，一到夏天，纍纍的龍眼，左右鄰居親朋好友，二嫂挨家挨戶贈送，受贈者笑呵呵，會聽唱歌的龍眼特別甜，整片菜圃春夏秋冬都沸沸揚揚，充滿生氣。

二哥是忠誠的守門人，坐鎮金門菜圃樂無窮，不想出遠門，不想出國，即使到臺灣也隔日即回，怕他的園子乾涸，日出日落都在主人掌控之中。回家最喜歡兩件事，一是品嚐二嫂的懷舊廚藝，再者是探看磁鐵般會唱歌的菜園。

夢裡都是素樸柴門，輕輕一推，彷彿父親微笑問：「妳回來了。」

時光餘味

北風呼呼作響，一陣陣寒意，村裡卻一件一件喜事接連登場，把寧謐的莊頭點綴喜氣洋洋，都說有錢沒錢娶個老婆過年，娶媳嫁女都趕在過年前，村頭村尾沸沸揚揚殺豬宰羊，一場一場婚禮鑼鼓喧天，開啟隆冬序幕，掀起新人的蓋頭，這不尋常的冬，迎著新人即將落腳的家。

回望過年套路，小小心靈充滿期待：穿新衣、穿新鞋、壓歲錢、一大蒸籠年糕及平日沒有的豐盛年菜、以及母親難得幾天好心情。和母親一樣資深婦人們，熟門熟路，適時給哪家新媳婦一句提醒。

過年是大事，家家戶戶忙碌起來，村子裡很是鮮活，裡裡外外為這年節活絡著。約略過了臘八，父親開始張羅過年瑣碎事物，朔風猛吹，海水凜冽，討海人趁退潮的短暫時間，多採一籮筐蚵仔便是好的，若蚵仔正肥更佳。母親嫂嫂趕緊剝蚵仔好進城換魷魚乾、香菇、糯米、糖等乾貨。一路忙到除夕，遊子都會乘登陸艇越過臺灣海峽返鄉，父母等待遠方孩子歸來，我等待他們會帶回一籃柳丁或一串香蕉，以及來自臺灣的餘味；遙遠的聲息一旦過海而來，飄啊飄，很容易成為故事。但是故事先別說了，遊子都應該在這時候，與故鄉的日子串在一塊。依稀仍拉著母親衣角，跟在父親身旁吱吱喳喳。

採塵（筅黗）

年前盛事即臘月二十三開始採塵，尤其佛龕平時不輕易碰觸，此時選個吉時幫祖先神明清除塵埃。從佛龕請出的神明，小心靈是恐懼的，平時神主牌神祕兮兮充滿鬼魅，感覺很嚇人，趕緊躲遠遠，父母親很偉大，他們都不怕。全家趁機大掃除，三百六十五天偌大的客廳頂上，平時太高不易清洗，沾染些許灰塵及蜘蛛網難免。

這日會把高粱空穗連梗綁在竹竿上，把最頂的蜘蛛網給清除下來。廳堂裡高掛的子婿燈拆下，仔細擦拭，家具鍋碗瓢盆全部洗刷晶亮，好似搬了新家。母親規定不准吵架，口不出惡言，這段時間到過年，整個家明亮清爽，祥瑞極了。農家除舊布新，沒有忘了祖先及神明。

蒸年糕

門口母親嫂嫂姐姐把昨夜泡好的糯米，用石磨磨成漿，再用麵粉袋瀝乾，拌上砂糖，一層層蒸籠疊在灶上，母親點上一炷香，且待香燃盡，年糕就熟了。這期間任何人不可問，熟了嗎？或說了不吉利的話，否則冒犯灶神，年糕會半生不熟，說來奇怪，只要年糕沒蒸熟，再怎麼蒸都不會熟，糕餅也有它的良辰吉時。

等待這年糕一整年，不敢跟玩伴出去玩，守著母親及灶腳，母親剛蒸熟的年糕黏稠軟綿，不能刀切，看著我的饞相，先用小碗挖一碗，啊，甜滋滋，塞滿日後所有的光陰。

寫春聯

大事中的大事，父親買回的朱紅紙張，裁成貼大廳的左右門聯、再裁側門的、橫的眉批，小張方的單寫福祿壽喜吉祥，紙張就緒，再磨墨，三哥、弟及我躍躍欲試，拿著毛筆，想寫什麼？大廳的不能亂寫，要依父親給的春聯範本「春滿乾坤福滿堂」之類，正門人來人往，寫太醜不行。

寫春聯是過年重頭戲，最早由父親書寫，再來大哥、二哥、三哥，到了我和老弟就有趣了，我倆不想按春聯的範本寫，天馬行空自己編，有一回弟寫「山高豈礙白雲飛／竹密何妨流水過」橫批是「成功門」，那一年他臥室這對聯時時呈現我眼簾，胸臆一股難以言喻的砥礪，壓力很大。

我則自以為是的寫個橫批「宜慧莊」自詡，編寫完畢得意得很，父親偏心說老弟寫得較好貼廳堂，我寫的較普通貼豢養牛馬的茅草房。從小老弟都認為他是我哥，我順其自然竟也把弟弟當偶像，他處處表現在眾人之上，我這笨兮兮的姐姐也不用和他爭，因此我寫的只適合自己的房間及茅草房和旮旯的米缸之類。有參與就好，阿Q精神表露無遺；阿Q也得過年，所有阿Q都要過年。

除夕夜

一早母親用地瓜粉煮一桶漿糊，貼春聯是大事，先從正廳門楣貼起，正房貼好再貼櫸頭偏房，最後才是隔壁茅草房，全部春聯貼好果真氣象萬千，喜氣洋洋。

出遠門的遊子歸來，物資貧乏的年代，團圓更令人期待，除夕美食特別誘人，煎炸炒蒸竭盡所能的豐盛，母親說是為來年討吉利，米缸裡要有滿滿的米，團圓飯吃畢要留一條魚（年年有餘），不可說不吉利的話，晚飯後一家人圍在客廳一盞燈泡下一起撿花生種子，把好的剝殼待年後清明時節播種。

母親並炒一盆香噴噴花生，邊吃邊撿，吃著花生取長壽之意（吃土豆呷甲老老老，閩南語發音），夜深了洗完澡上床、父親把五元或十元壓歲錢放在枕頭下面。睡著、枕著，鈔票沒有揉縐、也沒有變薄，小小腦袋做著香甜的夢。

新衣大部分是上學制服，疊好放在床頭，閉著眼睛等待黎明，思忖何以天亮如此慢？

大年初一

穿新衣是每位母親想給孩子的。而兒童期待的新衣都經過母親超前部署三年製成，初始袖子、褲管要捲高高的，三年後衣服合身卻也陳舊了。有一年意外得到大姐為我裁製的大紅色超大外套，昔時俗稱「水泥仔布」的布料，驚喜到走路都不自在，過完年母親趕緊收藏好待來年再穿，衣服合身時約莫過了三、五年，窄小了呢。鞋子也一樣，紅色娃娃鞋塞滿布屑，合腳時鞋面鞋底早已分家了。

年初一，像小鳥般急著起床穿好所謂新衣，無所事事，只等母親率家人祭祖先、拜天公，吃完長壽菜，找鄰居玩伴逛村頭村尾，胡亂評論哪家春聯寫最好？懂什麼，亂下評語而已，如今只記得一戶人家稚氣字體寫著「昨天今天和明天，軍樂民樂人人樂」橫楣「軍民一家」。

逛累了看哪一家年內有娶新媳婦，結伴去討喜糖吃，也看看村裡的新人，新娘子打扮喜孜孜端一盤喜糖，招待一群小毛頭，幾句新年賀詞之外，學大人語氣加一句早生貴子。大人小孩同伴趁新春是可以名正言順打打四色牌，或擲骰子，年節允許日常短暫撒野，年紀小除了好吃好喝，通常未有新鮮事。

年前期待過年，覺得日子異常緩慢，初二、初三類似初一，母親規定初三前不可倒垃圾，且掃地要往屋裡掃，不可往外掃，垃圾可是財富的象徵，三天製造的垃圾無比珍貴。日子特快，沒緣由的興奮感消失了。

初五開市

一切回歸正常，上班下班，上山下海，日子照舊，除了門聯仍然鮮豔，不再興致勃勃，一個叫「年」的怪物無聲無息咻一聲過了，年紀漸長憧憬愈來愈薄。厚實的快樂適宜栽在童年，離童稚愈來愈遠，朦朧中應該走上舊時光，把一切都叨念一遍後，年味跟著歸位。

初九拜天公

幾天前開始製作一籠一籠的紅粿，準備拜天公。

紅粿製作流程：準備好材料、模子、蒸籠、粿葉及一坨事先發酵好的粿婆等等。母親指揮嫂子、姊姊們圍繞圓桌，一起做粿，有說有笑，和樂融融，做紅粿表示幸福、圓滿，空氣中瀰漫著濃濃人情味，細數哪一家親友當年不能做紅粿（一年內家裡有辦過喪事者），母親囑咐多備一份送過去，有些時候居住他村的親戚，須派專人送幾個紅粿聊表心意。

農業社會質樸的習俗，小村落左鄰右舍相互呼應，婚、喪、喜、慶串連莊頭莊尾的情誼，彰顯彼此的關懷，因此，做紅粿不僅是做紅粿，內涵深且廣的人情味，天涯與海角都有一絲牽掛。

初九還有好吃好喝的等著我們，初八夜要淨身，初九一早穿著過年的新衣拜天公，供桌上牲禮、糕餅、紅粿，孩童遇到有吃的太美妙了，一盆盆紅色晶亮紅龜粿，墊著剪裁齊整大黃槿葉，一早會有父母請來簡單傀儡戲，感謝天公保佑家人一年平安順遂。

父親拜完天公會到太武山進香，回家途中到城裡中藥行配上一包包藥材，男女老少各有不同，燉著一年來準備的雞鴨，我開心享用屬於我的那一鍋美味。

曾經跟父親用步行到太武山海印寺，父親邊走邊說故事。沒有故事陪我，要耍賴的，來回五、六個小時路程，那麼遙遠，為了故事必須半跑，氣喘吁吁，還不忘記偏著頭仔細聽著。

元宵提花燈

熱熱鬧鬧嘻嘻哈哈，吃元宵、提燈籠……農業社會的無理便是男孩可以提著燈籠村南村北嬉鬧，身為女兒的我沒有花燈可提，賭氣把嘴巴翹得特高，起先啜泣繼之放聲大哭，弄得母親不得不放下廚房的事，特別到雜貨店為我買一盞小小紙燈籠，破涕為笑的我用袖子擦了擦眼淚，提著燈籠出門繞一圈，回家把燈籠掛在客廳桌邊，三姐笑罵我臉皮厚，長大後明白一個道理，權利靠爭取，提一個燈籠是如此，人的一生也是。

正月二十五

雙忠廟位於村口，是全村人信仰中心，日常亦香火鼎盛，解決人們心中疑惑。尤其母親大小事都要到雙忠廟擲杯，大至娶媳生孫、兒子聯考，小至飼養的母豬要生了，通通請廟宇神明保佑，廟裡供奉許遠、張巡、雷萬春三位大將，都是忠貞勇猛之士，值得後人敬仰膜拜。

每年正月二十五是雙忠廟大拜拜，剛好在正月下旬續了熱騰騰的過年餘溫，過年算是完美結束。

多少年過去了，原味加味盡是滋味，時空不時更迭，科技侵蝕緩慢古老的餘味，父母親不在了，家仍在否?歲月堆積許多痕跡，除了山川海洋沒有變，海水依然湛藍，山上老樹仍舊翠綠，我們已然從童騃越過少壯，逼近銀光閃閃，近年過年的氛圍淡了，鞭炮仙女棒換成無煙無火，惆悵失落聯袂，回眸一望僅僅抓住一把剎那化為永恆。

那童年

遙遠的記憶已模糊，或者發霉了，所有陳年往事，悠悠邈邈，幸好記憶是活的，只要能夠回憶的事物，一切變大變美。

童年什麼都缺，也什麼都不缺，生活形態形塑的日子簡樸靜美，清貧的很富足，不曾有慾望這回事，許是缺少外界誘惑，不知世界何其大，日子過得無憂。年歲愈大愈愛往回看，近的忘了，遠的清晰，經常從夢中醒來，夢迴島鄉，成長軌跡竟鮮明浮出水面，童年代表快樂無雜質。

湖下村一面靠海，其他大部分是田地圍繞，環境優美，是中大型的村落，住在村子中間的我，腦海裡想這村子真大，認識的人除了左鄰右舍，其他概不熟識，整個村頭到村尾迄今未曾走遍。

無拘無束應是童年的寫照，與鄰居同伴玩跳格子、彈橡皮圈，生活一派自在。大人忙張羅三餐，我忙著嬉戲，村裡所有人過著相同的日子，每一戶都有灶腳有煙囪，三餐時分炊煙裊裊，門口都有一疊疊擎蚵用的竹籠、一籮筐的地瓜，以及沿海捕魚的道具。

朔風狂吹，經常手腳冰冷甚且龜裂，晚上要用新麥的葉子加菜頭葉泡熱水洗凍瘡。眠床上的被褥也簡單，往往床上沒墊什麼褥子，但姐妹擠著睡覺，互相搶一床薄棉被，也不覺日子簡陋。

幾步遙的紅大埕，是孩童們的運動場域，夏日夜晚月明星稀的露天克難電影院，每隔一陣子軍方會派人員到大埕掛一方白布，看電影的觀眾自備一張小板凳，白布正反兩面都可以看，紅大埕擠滿人頭看黑白電影，津津有味，點綴夏日的美好，這件事在當年是大事，是童年難忘的記憶，感覺太神奇了。蚊子叮咬滿腿，大人小孩依然樂悠悠，手上搧著扇子，不以為苦。

後來稍長，三姐是少女了，經常和她的姐妹淘走四、五十分鐘路去金西守備區的電影院看電影，通常不讓我跟，她覺得帶上我是累贅，真是欺人太甚，我只能嚎啕大哭表達抗議，好有毅力，從聲嘶力竭到哼哼唧唧，直到她們看完電影回來為止。好哭這件事親戚朋友均知曉，每回哭得歇斯底里。出大門隔一個大埕，住著一位長輩，留白鬍子，拿著拐杖到家裡來敲門，說再哭吵到他不能睡覺，大約要把我給撕了餵豬，我才安靜下來，到底為哪樁事值得這般哭鬧，想來是精力過剩無事可做。

那時候的家是座南朝北，我和三姐睡前面櫸頭，是父母臥房對面，大廳旁的房間是哥哥們睡房，因為阿嬤在那房裡過世，死亡是恐怖陰森的記憶，我不喜歡到大廳旁的房間。總覺得有鬼影，哭和鬼影這件事到目前為止仍是家族裡永傳不朽的笑話。

夏天燠熱沒有風扇冷氣，只有一把海草編織的扇子，用來驅蚊扇風。幼時確實無理取鬧，蚊子叮咬我便放聲大哭，且哭不停，母親寵我，三姐往往因為我遭罵，事後我告訴鄰居同伴蚊子愈叮我愈哭，三姐得知氣得牙癢癢，長大後自知過分了。有一回已出嫁大姐為我製作一件朱紅外套鑲金黃邊，那年代這樣的衣物幾乎冠全村，然而因三姐出門不帶我，一氣之下把它丟擲到門口的大糞坑，奇怪是母親並無責備。回看這件事，難不成長大過程必須如此無理且任性？

慢慢長大了，對錯的事必須自己體會。簡單的生活竟是往後回味無窮的美好時光。

八歲那年，母親說我啥事都不會無路用，帶我至村子三房祖厝報名，要我去讀冊，交代以後每天早上要到祖厝上學。明明隔壁鄰居阿蓮姐妹都不用上學，我卻必須從父母之命乖乖上學讀書，雖然無奈卻也順理成章開始我學生生涯。

從臨時借讀祖厝再移至紅大埕前面民宅，民宅是村裡極氣派的房子，天井很大，有一口井，周圍鋪滿大理石板，旁邊有一棵高大玉蘭花樹，玉蘭花經常開滿枝椏且飄著濃濃花香。廳堂充當教室擠滿孩童，沒有球場、沒有音樂課、沒有美術課，上下課用搖鈴，有時換到更小的廂房上課，走路必需側身。兒時沒什麼想法，跟著同學上學放學，終日渾渾噩噩學習到什麼無人知曉。

暑假作業要寫整本毛筆字及抄無數的課文，往往到了要開學才發現作業沒寫完，這時候開始要賴大哭，母親要模範生三哥幫我寫，另一模範生弟弟早就一字一句工整寫完。

一則上學有趣插曲，弟弟晚我一年，應該是他二年級時學校舉辦查字典比賽，他得了第一名，獎品是一本字典，全家為了這第一名雀躍著。只高興一天，第二天弟弟放學時哭喪著臉，說字典不見了，母親一聽非同小可，拿著扁擔追著弟弟跑，嘴裡嚷著：「以後不必上學了，自己的東西都顧不好，明天開始上山耙草。」弟弟嚇壞了，說也奇怪，經過母親一番恐嚇，至此弟永遠守住第一名，全縣高中聯考也是榜首，他說考第一名無非想讓父母開心。

當時村裡女孩上學的很少，我也不知上學有什麼好，把童年過得無憂無慮，潦潦草草。克難的求學環境，直到六年級才有新校舍，也才漸漸明白「讀冊」是什麼？雖然只是一排水泥粗略建築，但有教室、操場、廁所，同學們覺得新校舍真漂亮。每個人像快樂小鳥穿梭在校園裡。朗朗讀書聲已然是童年的尾聲。

猶記筆直走廊旁有一棵鳳凰樹，畢業時開滿豔紅的鳳凰花，那棵樹是我啟蒙教育裡一幅美麗的圖畫，印象非常深刻，不知鳳凰木今安在否？一路行來從童騃無知到兩鬢霜白，三言兩語如何道盡這一路風雨？

回首來時路，全因上山下海之笨拙，粗重不能提，女紅又不懂，不如去讀冊打發時間。一切在迷糊中把六年學業給完成。爾後求學途中也一路顛簸，沒有一次有完整校舍可以從頭至尾讀完。有幸意外迷上課外讀物，家人也不阻撓，父親閒暇甚且和我一起閱讀，讓我往後迷上文學，開闊無邊的視野。

沒有玩具的童年。我們與自然為伍，親澤山野、海洋，心靈純淨。經常晚餐後就著一盞煤油燈，兄弟下象棋讀書寫字，當時物資窘迫，養成我們豁達心胸面對人生逆境。

寫到童年一定要寫二條路，一條由東坑、安岐、湖南高地通往金寧國中，一條是往後浦到金門高中。路，是人走出來的，影響村人們一生的經濟命脈，也是通往外面世界最重要的管道。

今日蜿蜒蓊鬱的慈湖路，當年兩旁密密的芒仔，葉子又尖又長，芒花像是少女彎彎的睫毛，隨風搖曳。擋風沙的木麻黃落葉，更是家家戶戶柴火來源，整條紅色泥土路就是質樸素雅，有經濟效用且充滿意象，很似一幅畫，當年不懂欣賞，只知跟著大人走進這條路就是去下埔下外婆家，或是到後浦姐姐家做客。

如今的慈湖路四季都綻放繽紛花樹，偶爾還有整片油菜花田，兩旁鋪著紅磚道，適合騎單車跑步或健走，行走其間，海風微微吹著，遠方夕陽染紅天邊，我們姐弟返鄉喜歡相約從後浦行走到湖下，邊走邊談天，讚嘆好美一條路，已不再有蒼茫的芒仔花，村莊一直在蛻變，路也變美，即使已經是潑出去的水，回家仍令人感到歡喜。

紅大埕是兒童樂園

孩子小的時候，生活不如現下多元多彩，經常豔陽下一個水壺一塊畫板及一盒十二色或二十四色彩色筆，追逐公車參與臺北市大小親子活動，包括動物園大象林旺爺爺的生日，公園、植物園的寫生，兒子與我樂此不疲，彼時不知生活有何匱乏。之後「玩具反斗城」誕生，玩具多到會把人給淹沒，領悟到時代進步無法擋，孩子開始要火柴盒小汽車、軌道火車、機器人、玩具槍……只要孩子想得到，沒有買不到，大人小孩跟著全部沉淪，一切由廠商設法家長們撿現成，不再如初時單純，孩子年幼有幸參與一小段清貧年代，後來的影響不致那麼大。

歲月往前走，自然的定律，一路撿拾一路遺漏，而我，若告知兒子我的孩童時代從來沒有玩具，偶然看到有人家有公主娃娃也張大嘴巴滿臉驚嘆，童年玩具無疑是一頁泛黃易碎的紙張，拼湊不完整，孩子很難置信。卻是我們與前人的軌跡與共同的回憶。

沒有玩具的年代，我與手足們童年玩些什麼？當然哥哥們年歲很小即加入農耕行列，玩具沒有時間把玩，也不需要，鋤頭鐽子扁擔是替代性玩具，父兄總會用閩南語說，玩耍是莫須有。

嬉戲時光雖短暫，兄長們必定想盡辦法自製一些玩意兒，二哥頭腦靈光，通常玩的事兒他是領頭，玩具大半由他製作。

紅大埕是一方紅土的大埕，兒童遊戲場域。許多婚喪喜慶也在此進行。例如送阿公阿嬤遠行。例如喜慶館棧大展身手。記憶深刻，當屬農曆七月普渡，炎炎夏日午后搭起棚架，一排一排方桌，各家各戶的祭品，雕刻各種樣式的瓜果，黃紅藍綠，鮮豔靈活，宰殺的豬隻或麵粉做的大麵龜，壯觀澎湃，藝術家都默默隱藏在民間。

昔時內心的大埕是天寬地闊，跳繩、畫格子，踢毽子……每日放學心思全在紅大埕。無論兄弟、鄰居、同學諸多男孩在大埕竄跳奔跑，穿著美援麵粉袋做的短衫短褲，打著赤腳，經常有人流著鼻涕，邊跑邊吶喊，玩著兄長自製的彈弓、陀螺、鐵箍、毽子等。

四月苦楝五月相思。彈弓、陀螺取材自豬牢邊的苦楝或相思樹，相思樹枝幹堅硬，春末開著黃色的花，耐風抗旱，散發淡淡香氣。彈弓既是玩具也可捕捉鳥雀，只要對準樹梢麻雀，兄弟們是神射手一弓射中，所有麻雀飛跑，獨留枝椏搖曳。

削好的陀螺尖頭處釘一根釘子，再把繩子纏在陀螺表層，往遠方一擲，陀螺真是陀螺滾個不停。比賽誰滾動得久，這有技巧的，看兄弟們順勢一丟，架勢優美，陀螺隨心意旋轉不停。

滾時間較長的人咧嘴笑著，我是永遠的啦啦隊。

男孩們在紅大埕滾鐵箍，鐵箍也自製，應該有透過村裡唯一打鐵叔在打鐵爐把一鐵條兩頭煉在一起，才能成為一個大鐵箍，男孩打赤膊追著鐵圈繞大埕跑，完全不花錢的娛樂性運動，用手持鐵棒或鐵鉤控制鐵箍，使其在地上按照規定的路線移動。這種遊戲方式需要較好的平衡能力和力量。

我每次都滾不動，站在旁邊看兄弟玩耍，百思不解，他們何以輕而易舉，我呢？真笨，彈弓射不出去，鐵箍滾不動，玩陀螺不曾成功過，卻永遠是兄弟們忠誠的跟班。滾鐵箍在古代亞洲、歐洲和非洲的歷史中都有記錄。在亞洲，古代中國人最早玩這個遊戲，在歐洲則是古希臘時期就有。我們年幼時即有這些玩法，從何時開始？似乎出生就有了。

這些不起眼的玩意，既經濟且環保，整個夏日傍晚時分，夕陽餘暉映著紅大埕，土質地板仍然燙著腳底，兄弟們穿著汗衫，打著赤腳，在大埕追逐，每一位臉上無邪燦笑。

我最擅長應該是踢毽子及跳橡皮筋，三五根雞毛加二個銅錢，前踢後踢，左踢右踢。橡皮筋邊跳邊碎唸：一二三四五六七，我家住在大樓梯，二五六，二五七……那些年我們一起跳橡皮筋、踢毽子，夠我和鄰居玩伴玩許久，也可以回味一輩子。

大埕旁邊是村公所。晚上軍方會不定時在大埕播放電影，記得有一回螢幕上映的是柯俊雄、張美瑤的《梨山春曉》，男女主角俊美，很吸引人。

後來村公所變成多功能的休閒場所，除了播放村裡行政訊息，二哥在裡面與鄉親喝酒喝個爛醉，有時自己有時他人也會透過廣播播放「○○醉了、沒有菜下酒了」，全村都聽得一清二楚。這般情景混著濃稠人情味，只要二嫂不生氣何妨，況且二嫂配合度高，還會炒二道菜去增添氣氛，一般婦人深感二嫂的寬容有些「太超過」，茶餘飯後挺有趣。

所有嬉戲以烤地瓜最令人懷念，到豬牢旁菜園，二哥撿幾塊石塊圍個小小的土窯，撿一些小乾柴，起火燃燒，待土窯燒熱，地瓜埋下，過些時刻，地瓜熟了滲著微微蜜汁，香噴噴的瀰漫在周邊，我張著嘴，眼神充滿渴望，二哥把烤熟的地瓜取出，分一小塊與我，燙著呢！捧在手心左右手翻動，深怕掉了，多麼富有的童年啊。

如果沒有烤地瓜，回憶將多麼貧乏。沒有玩陀螺將不知人生許多時候就是一只轉不停的陀螺。沒有玩滾鐵箍，不知人生成功與否是有軌跡可循。

那時，誰也不知未來是什麼？

男孩長大，各奔東西闖天涯去了，倏然兩鬢斑白，驀然回首起點均在紅大埕。

紅大埕換裝鋪上水泥，說是政府德政，卻讓我尋不著滿是土味的紅大埕，滿腹惆悵。

村子裡的雜貨店

初始村子中間有一小小雜貨店叫做「四季」，旁邊有一口井，有幾位妙齡女子幫軍人洗軍服，賺點零花錢，井邊假日都有阿兵哥圍繞著，每當夕陽西下向晚時分多了些許遐思。最深刻當屬雜貨店的女兒阿秋，她高我一屆，因為其他鄰居女孩子不上學，少數兩三個有在上學的便成為好玩伴。

我喜歡往雜貨店跑，因為阿秋要顧店，她會借我漫畫書，偶爾還會送我一顆糖。

她爸爸只有一隻手臂，除了少一隻手臂，體格精壯，工作勤奮，做花生的買賣及開雜貨店，尤其秋收花生曬乾後，會請許多婦人到她們家幫忙剝花生，以斤論酬，三姐也經常去剝花生殼賺點零用錢。

十幾位妙齡女子及老少婦人圍在一起，聲勢浩大，話題多元，經常聽到竊笑或大笑，單純的快樂。獨臂的爸爸會把花生仁用八角、鹽巴一鍋一鍋煮熟，拿到隔壁祖厝門口石埕曝曬，然後再將曬乾的「鹹炒脆」花生仁批發到城裡。曬乾後的花生好吃香脆，小孩們走過曬花生的廣場都會假裝跌倒，順手抓幾顆花生米放口袋，小小損失獨臂爸爸不介意，這伎倆我也會，只要廣場有曬花生就像老鼠一樣躡手躡足走過，佯裝不小心跌一跤。

可是，慢慢長大，知道他們家一些事，他們人口簡單，但問題好像很複雜，有一位看起來不老卻能幹俐落的守寡阿嬤，媽媽是從小忍氣吞聲的養女，人非常老實經常不言不語只用微笑待人，待我們這幾個小孩和藹親切。爸爸是村裡三房人家從廈門買回來的養子，養父母家境貧困，原有一養女，準備讓養子養女成婚。可養女十七歲那年得了惡疾去世。後經媒婆湊合，獨臂爸被這四季雜貨店阿嬤招贅入門。

阿秋放學都幫忙顧規模不大的雜貨店。

依稀記得村裡傳言阿嬤媽媽爸爸經常同睡一床。養女不敢有什麼意見，可被描繪成春色無邊，好似誰親眼瞧見似的。總之，這家人生了四女一男。阿嬤依然掌權，媽媽輔佐，爸爸做他的獨門花生生意。

阿秋，功課極好，長像清秀，唯有一疾病，只要天黑就看不見的夜盲症，所以她晚上不出門的。即使紅大埕在放映黑白電影，也得阿嬤牽著到大埕，只是看電影視力可以嗎？當年懵懂無知，不知道關心，長大後覺得阿秋目光所及只有亮燦燦的白日，入夜是寂然無聲吧。

後來我到城裡唸書，大哥安排我住校，很少再到雜貨店，再後來回去找她，聽說嫁給一位預備軍官，離開島鄉。過幾年這雜貨店結束營業，那阿嬤也過世了，獨臂爸爸守著老實的妻子過著平淡生活，每次回家，刻意路過她家門口，窺探一下有無阿秋行蹤？屋內闃寂無聲，彷如無人。初始阿秋媽媽還在，近年只見殘壁傾頹，水井乾涸，蓋上石板，無人問津，寂寞的井如一首交響樂曲，曲終戛然無聲。

聽聞阿秋也極少回家，就像斷了線的風箏，飄啊飄，到哪呢？據說定居在南方的城。

我家的右手邊榨花生油麻油的小油廠，往左後方走一百多公尺有做米粉的，左前方有做麵線的。雜貨店、米粉、麵線三者是村裡有經濟實力的人家。

榨油的就在我家隔壁，這一家人家有二男七女，說是七仙女，都非常能幹，女兒當兒子用，油廠由父與子主持，七仙女負責上山農作，下海撃蚵，偶爾跟在後面看她們姐妹俐落身手，我總是目瞪口呆。

油廠終日飄香，母親油用乾了，就拿那空酒瓶要孩子去搭一瓶回來，很簡單，每一瓶油都是新鮮的。

再走遠一點，靠近做米粉的人家，通常好天氣，他們家門口一板一板米粉曬著太陽，這米粉人家有兄弟、有妯娌，同心協力，維持這家庭工廠於不墜。母親說太陽曬通透的米粉有米的香氣，陰天做的米沒曬透會臭酸。平常以地瓜為主食，節慶才有炒米粉，只有偶爾遇上感冒之類的小病痛，母親認為米粉湯是清涼的，會犒賞一小碗，加點芹菜珠或一點蝦皮，就這樣讓我很愛偶爾身體不舒服，討一碗米粉湯吃。

做麵線的因為家裡有女兒是我同學，經常借給同學們漫畫及皇冠，我對待她誠惶誠恐，她經濟能力好，會買到《幾度夕陽紅》、《煙雨濛濛》這樣的書，所以買麵線是我非常喜歡的事，可以詢問她有什麼書可以借我？可母親也不那麼經常買，想要巴結麵線女兒機會不多。

之後「兄弟雜貨店」崛起，接棒前面那家「四季」，同樣位於村子中央，也是前一家雜貨店的隔壁，興旺多了，店裡任何東西都賣，儼然是村子裡最具規模的市集。經常一大早人聲鼎沸，所有五金、南北貨、乾濕蔬食，應有盡有。

雜貨店伴隨而來是許多捕風捉影。

首先雜貨店變成集團事業，屋宇屬長方型，共有三落，前落是店面，中間那一落擺個撞球檯供阿兵哥假日休閒，最裡面一落住著一雙堂姐妹，兼替阿兵哥洗衣、修補衣服，好似還有人兼賣涼茶、冰品，前後三落經營的生意非常多元，日日穿梭不停的阿兵哥把屋裡人氣塞爆。

這店有許多功能，除了需要互相幫忙的左鄰右舍，婚喪喜慶的訊息，更像是新聞臺，消息流動匯集與散播的來源，村裡大大小小事件，只要到雜貨店站一會，即刻瞭若指掌。譬如三房的某嬸和六房的某叔有何韻事，譬如外來的村幹事和某嫂有勾搭，且某嫂的第幾個孩子長得像村幹事。某家伯母按時燉補給某叔補身，補身的人非伯母丈夫。這些是有色新聞。經常見到三姑與六婆交頭接耳，肯定有趣事發生。哪家兄弟鬩牆、鄰居為一公尺田地打殺之類。

「兄弟雜貨店」，販售所有生禽、日用品、柴米油鹽醬醋茶、生蔬醃漬全包了。家裡缺任何東西只要往「兄弟」跑，立刻補全。這老闆夫婦很厲害，雜七雜八都記在腦子，空間小，一屋子雜亂無章，卻是麻雀雖小五臟俱全，什麼都看不見，什麼都有。老闆娘叫麗金，無論何人賒多少帳她都一清二楚。人們需要的東西放哪裡她全了然，買東西不像超級市場自己找，而是要開口問，只要問了馬上告訴妳有或沒有。

後來麗金變成老邁母親的好友，因為我家手足大半離開島鄉，飄洋過海到臺灣，回家次數有限，寂寞的母親家裡任何大小事都到雜貨店叨絮。麗金會拿一把椅頭找個空隙讓母親坐著，母親年紀愈來愈大，可她日日記得前往雜貨店，且習慣向麗金買東西，尤其愛買保力達B，有時候分不清楚千元鈔或百元鈔，麗金會幫母親打理好。

我們偶爾回娘家，母親會特意帶我們姐妹去給麗金看，麗金笑咪咪打招呼說她知道我們要回來，應該聽了好幾天預告了，遠親不如近鄰在這農村是徹底實踐。

雜貨店後落住著屋主獨子與顏值頗高養女，獨子未受什麼教育，養女唸完初中，郎有情妹無意，嘟囔好些年，這個組合增添了愛情故事變成茶餘飯後。最終養女遠嫁島外。

然而，這雜貨店勝出之事還是人情飽滿，充滿熟悉的家鄉味道。況且到兄弟雜貨店有偷窺的快感。

回娘家要到二哥的菜園，會經過米粉廠，他們在老屋後方蓋了一棟堅固華麗的新樓房，榨油廠也在旁邊蓋了一棟，都是展現他們的經濟實力。所謂兄弟同心，其利斷金，這是最好的寫照了。嶄新的屋舍改變村子的面貌，似乎與童年距離更遠了。

父親的身影

我們的一生，就像一株植物，可能在暗處默默的成長，直到有一天發現自己長大了，赫然發現家人給的養分最為滋潤，縱然無法長成一棵大樹，也會是一棵健康的樹。

最初是兩歲多一點吧，雙親那時四十出頭，弟弟出生，要我把位置讓給他，他們在那張木質眠床的內側，放著一顆紅豔的蛋，無知的我應該是開心地拿著那顆蛋，父親抱著我到三姐的床上，交代：「妳有弟弟了，乖，以後就和恁姐仔睏喔。」每睡一陣子，父親會提一盞煤油燈到我床前，抱我起來夜尿，這是與父親交集的初次記憶，白天辛苦做粗活的父親也有柔情一面，忙累一天還得為幼女把尿。

童年經常跟父親上山，一回坐在驢子的鞍上往田裡行去，不小心摔了下來，嚇得再不肯騎驢騎馬，可以跟父親騎驢上山種田，回味起來異常幸福。

山間小路彎彎曲曲，我從來不認識路，覺得父親很神氣不會迷路，清晨遇見濃霧未散，路看不清楚，田邊的菅芒葉子上粒粒晶亮的露珠，因為有父親穿梭其中，顯得一切歲月靜好。

上學後讀了點書，天真以為父親在櫸頭牆上掛著簑衣、斗笠，鋤犁、簍筐等覺得頗具詩意，後來，悟到簑衣斗笠這些是工作上所需，用汗水浸泡，用體力支撐，沒有課本詩詞裡的浪漫。

父親嗓門大沒有什麼心眼，為人寬厚正直，吃虧就是占便宜是他處事哲學，我們手足遺傳他的正直。有一回弟弟長嘆一口氣跟我說，如果父親沒把我們教得這般正直，成功可能容易多了。確實如此，然而，正確的人生觀讓我們俯仰無愧。

父親勤勉無華的身教，養成我積極樂觀的個性。總記得從小生活在恬淡的環境裡，早晚與鄰人互道：食飽未？來坐，來喝茶。父親的身影是深深烙印在心底。

夏天汗衫短褲，冬天一件黑色褪成灰色的裌襖，一件斜褲頭的長褲。因為耕作的關係，褲管幾乎是永遠捲到小腿肚的中間。下雨天就是簑衣斗笠。大太陽就是一頂斗笠抗陽。這就是我的父親平日的樣兒。

讓我去讀冊這個決定改變我的一生，村子裡女孩子極少上學，我無法與鄰人姐妹在田野嬉戲，內心非常失落，但是後來從書本得到顯然是我想要的。尤其國中時學校在島的東北方，要走一段路再搭一程車到遙遠的學校上學，內心沒有安全感百般不願意，無奈的帶著好奇心忐忑上路。

上了國中讀到一些唐詩宋詞，詩人張志和的〈漁歌子〉：

西塞山前白鷺飛，桃花流水鱖魚肥。
青箬笠，綠蓑衣，斜風細雨不須歸

抬頭看到牆上掛著父親的蓑衣斗笠，一知半解把父親想得非常詩意。真是誤會大了，詩人非農人。

父親終年不是滿頭大汗，就是滿身泥土，了解到生活對於父親的壓力已是多年後的事。

雖然成長在貧窮的鄉下，卻也幸運，因為身為么女，兄姐長我很多，除了物資不豐富，粗重活兒不用做也不會做，終日閒晃，初始去上學是無可奈何，因此在毫無壓力下成了識字女子，何其幸運，左右鄰居識字者甚少，偶有一兩位也是上學到國中肄業而已，之後恍然大悟父母親恩浩大。

父親一直把我帶在身邊，像尾巴一般，種田我吵著跟，有吃的吵著要，嫌讀書苦不肯上學，他經常用五塊錢賄賂我。

直到略為懂事，漸漸發現父親的智慧。

父親閒暇熱愛讀書，沒有所謂學院派或系統之類，然夏日午後，廊前陰涼處有父親在的地方，他會津津有味的讀著西遊記，三國演義，或我跟同學借來的武俠小說，記得高中時書不曾好好唸，不知哪弄來一些閒書，整個暑假父親都和我一起看。

父親略懂天文地理，曾經與父親在自家田埂踏青，他告訴我方位及優劣，當下聽父親分析覺得父親真是太神奇了，怎麼地理也懂？原來他曾經與一地理師踏遍金門島，粗略學過。

炎炎夏日，連風扇都沒有的年代，一把海草編的扇子，即是驅暑的良方。農事忙完，兄弟們會先打一桶深井清涼的水上護龍屋頂上，把每一塊磚灑上水，像烤肉完畢的肉架，因為水滋滋作響的紅磚，一桶水消了暑氣。兄弟姊妹沿著木梯上屋頂，父親時而吹著簫，時而吟唱古曲，時而指著牛郎織女星，時而告訴我們哪一顆是北斗星，哪一顆是天王星，偶爾一顆流星掠過，我們也會驚喜許下一個願望。

及長，因為喜歡舞文弄墨，附庸風雅，父親愛憐地看著《正氣副刊》喃喃自語：「寫些什麼我怎應麼看不懂啊。」一回他心血來潮說出個上聯「十五月圓何半月」，要我對仗，想了兩天兩夜，我對不出來，父親解答「三五成群為孤星」，至此，我想一介農夫的父親不就只讀了幾年私塾嗎？正確的說法我不知父親到底受了什麼教育，可他為什麼都懂。

父親耕作都按二十四節氣走，這一點比較理解，或許左鄰右舍叔父伯父春耕夏耘秋收冬藏跟著做就行，對我而言那些都是艱難的。

父親對八個兒女們從不打罵，疾言厲色都不曾有過，身為兒女都覺得父親何以脾氣修養好到這般？

做為農夫，貧苦有餘尚有幽默感，過年過節祖先祠堂要拜拜，階梯似的兄弟姐妹，輪流提一籃祭品去參與各房拜拜，無論哪一位總會把菜碗上層鋪面子的五花肉給吃掉，父親總摸摸孩子的頭：阮的祖先真的靈喔，把肉吃了呢。

父親捕魚的網自己織的，裝蚵仔、地瓜的籮筐自己把竹子劈回家再用竹皮編一個一個大小不同的筐籃、篩、掃帚……。

細數父親種種忽然覺得他是巨人，處處窘境卻樂觀自持，凡事自己動手，想想生活上的每一件事，我們都無法承其衣缽，原來我們站在巨人肩膀上長大。

自然無華是父親留下最後的身影。

假如麥芽糖不賣

麥芽糖是意象，沒有麥芽糖就沒有童年。

曩時，經常到村子裡叫賣的小販，有一老一小，印象最深刻的是經年賣麥芽糖的阿伯、夏天賣霜枝的男童，霜枝通常由男童背著小木箱，為防霜枝融化，箱子裡被層層舊毛巾或中美援助麵粉袋覆蓋著，霜枝沒什麼口味變化，大半是簡單清冰，也夠吸引人了，對於孩童們極具吸引力，尤其是酷暑難耐的夏日。

麥牙糖經常由一位上了年紀的阿伯，一年四季到處叫賣，搖著鈴鐺，騎一輛聲音價響的舊腳踏車，遠遠就知道賣麥芽糖的來了。架著一只木箱一桶麥芽糖，糖黏稠金亮，很是漂亮，用一支竹棒把糖一捲再捲弄成一小坨，聞聲而來的小孩，有的尚流著鼻涕，大半打著赤腳，都受不了麥芽糖的誘惑，拿著破銅爛鐵舊玻璃瓶等或捏一張皺皺的五毛錢紙鈔，總之都是一些得之不易可以再生的舊物，頑皮一點的男孩可能趁大人不注意拿了鄰居舊酒瓶或舊鋁盆，拿來換麥芽糖，那可是我們那年代都會做的事啊。

大夥推擠成一堆，兩眼清澈專注望著阿伯，口水真的要流下來了，阿伯慢條斯理捲著麥芽糖，深怕捲多了。昔時不是小氣是節儉。

手上拿了麥芽糖邊走邊舔，很是富有且幸福，臉上帶著天真爛漫的笑容；當然我也是在那行列。時光掉進未知的年月，我們一路掉了許多撿不回來的東西。

麥芽糖是甜蜜的記憶，何況記憶永遠是活的，更是我們鄉下孩子極重要的日常美味，因為有它把空氣都凝聚了一股淡淡的甜香，讓回味也染上小確幸。

麥芽糖、蚵嗲、卡車餅、雙胞胎……那時真的是島上誘人的聖品。因為同伴們口袋空空想吃一口麥芽糖也不容易。及長，漸漸瞭解得不到的最好。

麥芽糖鈴鐺響起，聲聲召喚村裡孩童群集，尾隨阿伯團團轉，及至長成少女，不好意思嚷著要買麥芽糖，內心有股莫名失落，內心排斥長大，沒有麥芽糖的世界，一點兒都不好玩，不想進入大人的紛紛擾擾。

少時〈假如麥芽糖不賣〉成為一篇短文，在《正氣副刊》刊出，接到讀者迴響。有了讀者的鼓勵，讓我立志此生必然要以文為生，哪知那是何等不易之事，只能是一個夢，與現實距離何等遙遠？如今想起不禁哂然。喔，有做過大夢呢。

有些時候接到陌生讀者來電，無異是最大激勵，之前常有家鄉陌生年輕女孩打電話給我，也曾約在臺北見面，這都是作者寫作的動力。近日接到一位退休老師的鄉親來電，告知他讀了〈那童年〉的感動，謬讚鄉土文學寫得好。而我，感動竟然有人細讀若此，似乎回到那些年讀者的熱情，感到非常窩心，趕緊提筆急書。

回想少女時期的〈假如麥芽糖不賣〉，當年青春正盛，曾為前途徬徨，也為賦新詞強說愁，今日思之不禁莞爾，終究年輕，夢想、現實走到今日不太一致。當年不知要如何透過努力，可以達到想要的目標，應該有一條路才對，可當時對人生理解不夠，遇到挫折盡是埋怨，只顧悠遊在自己世界。報導文學作家楊樹清經常說：「牧羊女當年文學狀態非常飽滿。」然而，經歷這麼長的歲月洗練，嘗盡悲歡離合，青春飛揚到青絲染霜，若仍維持不識愁的狀態，只能掩卷長嘆。

輕狂年代的〈假如賣芽糖不賣〉是清純的夢，對不知的未來充滿未知，竟至懷念童年的麥芽糖，看成人世界猶如黑洞。如今走過時光長河，穿過那幽黯隧道，還是懷念那麥芽糖，同一個人，時空不同，想法也有所不同，唯熱愛文字初心一致，今日對於人生應該是瞭然的，可以給年輕的自己答案，真是回味無窮。

潛意識似乎聽到麥芽糖叫賣聲，只要嘴裡含著糖，那幅單純知足的幸福畫面，就讓人感覺可以遠離些許蕭瑟，也喚醒記憶裡的美好，更是對家鄉的眷戀。然而，還有人賣麥芽糖嗎？

國小畢業即揮別童年，迄今時日久遠，記憶也零落了。

舊憶

日月星光訴說昔時舊物
乾一杯鄉愁
每一口井的湧泉都是故事

說番薯

歲月邊走邊訴說許多故事，在島鄉長大的我們這一輩，兒時一日三餐吃的大都是番薯，所有左鄰右舍皆相同。讀高中了才知道城裡人生活和我們鄉下人不同，弟弟早熟，說他小時候看到城裡人會心生自卑，我個性大咧咧，不知人間煙囪升著高低不同的煙，灶腳炊煮葷素不同食物。

回望來時路，每日一成不變，風從耳邊吹過，鳥群停在樹梢，無雲晴朗的天空……充滿自然清幽，因年紀小沒有想法，每日跟隨父兄腳步上山下海，沒哪一個人能預知人生為何被吹皺。

童年天天依靠番薯過活，記得有一次已經長記憶了，在沒有番薯的季節，吃番薯簽，不經意看到細細小小的蟲，母親洗一洗照煮，再加一點稀稀的米粒，不敢說嚇死人不敢吃之類的話，不吃肚子餓啊，配著鹹得要命的豆豉，也甘之如飴。

世上萬物在變，每一個階段人事物都像蛇一般，一層皮一層皮的脫，也像蛾一般蛻變著。

番薯也是。

初始母島大部分人們吃著簡單的番薯，其方式不外切成塊加搓成細末煮成一鍋沒有米的純番薯湯，三餐主食如此單薄，姐姐們盛地瓜時沒敢挑大塊的往碗裡放，據說阿嬤認為男人要做粗活比較需要把肚子填飽，昔日物資缺乏，連吃地瓜都不能盡興。我比姐姐們小十幾二十歲，幸運多了，已經可以隨意地食用，卻也因為沒有看過別人的生活方式，以為眾生都在吃地瓜呢。高中到同學家，終於懂了城鄉差距，只能感嘆自己是憨大呆。

地瓜經濟價值是搓成細末擠出汁曬成地瓜粉，可以販售，人們買去做蚵仔煎或炸蚵嗲。嚴寒冬天陽光顯得特別薄弱，因著生活需要，母親仍需頂著凜冽刺骨的寒風「洗番薯粉」，冬日一口氣呵出來都是煙，也不是煙，冰冷的雙手仍需搓那番薯粉、擠捏著，雙手因而龜裂。

好長一段時光，一家人仍吃沒有米的地瓜湯。未見家人抱怨過，一年四季仍然感覺日日好日。

昨天碰到某同鄉，他唱作俱佳訴說當時年紀小，每天吃番薯令他非常生氣，甚至問過他母親，為何每天讓我吃這鬼東西？他說母親愣在那裡回答不出來。我聽了特別好笑，許是魯鈍，兒時竟不知提出這問題，我天天吃得挺開心，以為天生該吃這食物，沒有為此質疑過，當然，偶爾有米飯或三層五花肉會更快樂。

番薯，葉子綠時養豬，葉子黃時蒐集回來搗碎和豬食仍然是養豬。一截二十五到三十公分長的番薯藤枝，插在炎熱乾旱的土壤。它們求生意志強到只能奮力生長攀爬，也就恣意長成一畦一畦綠葉，自在開著紫色漂亮的花。豐收季節衍生曬安籤、地瓜片，以備不是盛產月分食用，曾經以為終年都有它可吃，不知也有匱乏的時候，直到母親需要天天吃才知道。

番薯在我家沒有比之神聖的食物，母親有二、三十年只吃地瓜糜配肉鬆，其他一概不吃，二哥終年都要備地瓜讓母親食用，在家二哥地位如神農，盛產季節沒問題，一簍一簍挑回家後要隨時保持新鮮是高難度，他把整簍番薯埋在沙地裡，保有原來滋味好讓嫂嫂們為母親煮糜。許是受母親影響，兄弟姐妹忒愛地瓜稀飯，每次回到老家，二嫂一鍋番薯糜或安籤糜加一盤黃甲魚、豆腐煮蚵仔及二哥種的菜蔬，這就是美食，不需美食家評點，自家兄妹甚為滿足。

爾後隨著悠長歲月，每個人嚐盡各種酸甜苦辣，環境改善了，事業有成的鄉親比比皆是，大夥碰面總會懷念起兒時共同記憶，番薯、砲聲、高粱、防空洞等等，有人環境變好了，說吃怕了碰都不碰它，有人念念不忘；吃到怕了或者吃到戒不掉，各有理由，許是要讓日子好到不必食用它，也或許是有它才有今天的我，仍然忒愛，全都因為番薯。

浯島得胡璉將軍之賜，實施了一件了不起的政策，一斤高粱可以換一斤米，有了白米的日子真幸福，地瓜加米煮稀飯滿足一直裝番薯的腸胃。再之後看到它被美化，有烤地瓜、蜜地瓜、地瓜泥、炸地瓜……後來有錢人說番薯養生，番薯葉也成為名菜，當年番薯葉是養豬用的啊。初次在臺北菜市場發現它被當菜蔬販售，哇，嚇死人，何時翻身了？再後來加半顆皮蛋，或加幾粒枸杞價格就飆漲，已非昔日阿蒙。

當下超商日日擺一盤烤番薯，不時提醒人們其翻身成時髦貴氣的食品，似流鼻涕的丫頭變身美女，內心莫名的興奮，感覺與有榮焉，和人生雷同，翻身總有時。耳邊響起名詞曲家李子恆一首催淚歌曲〈番薯情〉，**細漢的夢是一坵番薯園，有春天嘛有風霜，番薯的心是遮爾軟，愈艱苦愈能生存……**。

時光從指縫中溜走，什麼都留不住，唯有地瓜糜仍是我今生的念想。

種土豆

清明節剛過，雨紛紛日子尚未結束，但是有些時候金色陽光灑滿枝頭，耳邊吹過一陣微風，就是那時節，兄弟姐妹整裝待發，帶著母親一早泡好的大壺茶、斗笠、竹籃等，上山種土豆。

花生我們叫它土豆，前陣子是種土豆時節，兒時種土豆畫面一幕幕從眼眸掠過：父親牽著驢子、驢子駝著驢鞍畚箕等農具，我跟在驢子後面，赤腳踩著紅泥土路，終於有一件讓我可以跟在父兄腳步做的事，也印證長大了，滿心歡喜。

滿山春色，深深淺淺重重疊疊的綠，鳥兒啾啾唱，踢踏腳步很是歡欣，葉子上的露水是一串串珍珠，泥土溢出香氣……遠方留有遙遠的記憶。

天地萬物獨獨偏愛土豆，從土豆下土到在地底果實累累不讓人看，只讓人揣測：到底結的土豆是大粒是小粒？大串小串，既興奮且期待，充滿想望。

春天，凡事充滿希望，新枝綠葉，細雨如絲線般，沒有空隙，我不認為是上蒼為了悲傷，想祂是為了愛憐人們，所以降下了甘露。

蟄伏一整個冬天，天寒地凍，降些許甘霖為滋潤大地及人心，農人盼望著一場春雨一記春雷。之後，時序在清明節過後，父親望著雨後清澈的天空，跟孩子們說，我今天先到田裡鬆鬆土，準備明天種土豆。當晚我不想睡覺，興奮等待天亮要上山種土豆，種土豆多麼誘人啊，六歲左右的女孩，無玩具、未上學，無所事事，隨父親及兄姐上山種土豆，幸福愉快地進行一場遊戲。

父親牽著驢子駝著犁具，不是馬，驢的身形較小。一大壺的大紅袍茶，幾只小竹籃、斗笠，兄妹與高采烈去種土豆，難以形容的開心。

雨後的土經過驢子帶犁具鬆過，柔軟如發糕，更多時候感覺是棉花，踩在土裡軟綿綿有一股甜甜土香，非常舒服。父親教我左手提竹籃，竹籃裡盛著土豆的種子，右手捏二顆，每踩二個腳印，丟下二顆土豆，再用小小腳丫把它踩到土裡，反覆動作，一行種完再換一行，遊戲的心情大於工作。

那一刻的父親應該是充滿幸福感，兒女隨著他犁過的田種土豆，晴朗天空，畫面真美好啊。種下這麼多希望，待長出新芽兄姐們會去拔雜草，拔草是既辛苦又不好玩的事，或彎腰或蹲著大半天，我待在田埂邊觀賞，一股一股的土豆嫩芽風姿翩翩神氣的冒出泥土，父兄辛勤施肥，待開出白色小花，地底也準備結果。

田埂上父親會撒一些綠豆和紅豆，過幾個月長成，每個清晨長出的新芽上頭覆滿晶瑩的露珠，非常美麗。

待豆子長成，唯一讓我上手的事兒，就是挽一隻竹籃把豆子摘下裝到籃裡，母親說：「這麼簡單的事，妳再做不來，這輩子撿角（無路用之意）。」可三哥告訴我李白說的沒錯「天生我才必有用」，我也是這麼想的。

天天盼著土豆何時可收成？想著母親煮一大鍋放著鹽巴與八角的土豆，香噴噴令人垂涎，迫不及待的想放到嘴裡咀嚼，從種下土豆那天起，天天盼望它何時收成？其實是在等待何時下鍋。等待的時光極其漫長，日日數著纏著父親問土豆何時成熟？怎麼這麼慢，父親笑我傻。

到了炎夏蒞臨，土豆真長成了，要在父兄們汗水中收成，收成的季節沒有播種時浪漫，除了天氣炙熱，泥灰伴隨花生梗葉，苦不堪言。炎夏，父親把成捆的土豆馱回家，在長巷裡，姐姐嫂嫂俐索的摘下一把一把土豆，把沾黏的泥巴洗淨才交給母親在大鼎裡煮，收成差不多了，煮土豆的快樂伴隨曬花生、曬葉梗的苦，總認為曬梗葉有何用？要當柴燒。哪想到土豆從頭到底都是珍寶，可是無不摻和汗水烈陽，這時我盡可能離開母親眼簾下，能躲則躲，苦差事小女兒有些兒豁免權。待花生煮熟要曬乾我就會出現幫忙，因為可以邊吃邊曬。

曬到又脆又香，家裡會有分土豆儀式，父親會給我們一人一個甕，之後各人吃自己甕裡的，吃完就沒了。長大後我發現極嚴重問題，大姐的花生會愈曬愈多，二姐的會愈曬愈少，我和老弟的父親會幫忙管理，然而二哥的曬好了放甕裡就用泥土封甕口，到今日我經常追問：「你的封了土不開封，這期間吃的是哪來的？」他抿嘴一笑不公布答案，但我知道待他把泥土打開，我的也吃得差不多，就吃他的吧。

前些年金寧國中選我為傑出校友，在校長許維民接待下，記得我一人把校長給的一大把土豆吃光，他再放一把我再吃光，警覺到失禮已然來不及，至今念念不忘要向許校長解釋道歉。土豆在我人生是快樂泉源，因此忘了禮貌，如此校友實在不傑出。

喜愛吃土豆的人極多，往往一吃停不下，尤其配高粱酒，男子戲稱是「花酒」。

土豆是鄉人最愛，近年不知何故，產量愈來愈少，記得母親生前，每當土豆煮好曬乾，會用麵粉袋分裝，讓二哥寫上臺北兄弟姐妹地址，到郵局一一寄送，收到花生的我們，一陣驚喜，島鄉花生都是清水煮鹽、八角，然後自然曬乾，咬起來香脆，不像炒的土豆容易上火，是我們小時候最喜歡的零食。

後來，母親一邊分裝一邊碎念，仁不飽滿，空仁的許多，要寄給兒子、女兒總不能寄些殼吧，我們瞭解，請母親順其自然，不是非寄不可。

可我們如此這般愛吃土豆，同鄉聚會只要有人帶一小把，也會搶著分食，這一餐便是懷鄉餐了。

這幾年土豆已漲得非常貴了，蒙家鄉慷慨有名的王水衷理事長，他貼心的給我姐弟寄上家鄉來的土豆，心喜若狂，直呼知我者理事長也。

想了許多土豆收成不好的理由？土質變了、氣候變了、年長一輩體力消失等。母島鄉親集體回憶裡有許多不名貴的食物，可總念念難忘。行筆至此，腦海裡的記憶盡是靜美，再也沒有機會隨父親種土豆，耳邊響起母親除夕夜邊撿土豆種籽邊唸著：吃土豆，吃卡老老老（閩南語）。全家圍著炒好的一簍土豆，嘴裡嚼著，真香。

近年來土豆收成不好變得特別嬌貴，就算有錢未必買得到。

花帔寂寞．花帔不說

臺北明亮玻璃櫥窗裡充斥著名牌，美女名媛藝人媒體版面，帶貨置入性行銷，或說幾十萬一個包，或十數萬一條圍巾，有一陣子也加入盲目跟風，到了歐洲先買名牌包再說，深怕離開了就買不到，這叫「停售效應」。商場上也是，若喊要停售了，必有一波購買潮。有一回兒子學業告一段落，要從倫敦返國說要幫我買那名牌經典風衣，我交代兒子不可到 Outlet 買，要買當季，如此無聊的老媽，自己都嫌棄。事後憶往，感覺真是丟人。

回望過去，可是出身農村的女子，生長在美麗素樸的島鄉，萬不可迷失或遺忘純樸才是應有本性，即刻糾正自己的三觀。

島鄉，遠古時代流傳許多習俗，保守迷信加神祕，每個村莊都有大大小小廟宇，燒香拜拜是每戶鄉民的日常，心靈的寄託兼求心安。曾經有位朋友問我：「金門人好奇怪，什麼都拜，新買回來一部汽車也要拜。」我當然不知為啥，但是拜神既不妨害他人，對他人無傷，有何不可？只是當金門媳婦因反覆拜神拜祖先，應該苦不堪言卻不能說，怕得罪祂們。

我家好幾代祖先加上堂叔公伯公的忌日，祭拜頻繁，嫂子無怨無悔地付出，依指示拜個不停。

因為金門人單純，早年醫療設備不足，醫生稀微，整個島除了極少老中醫，西醫幾乎是零，祈求平安的方法，大多求神問卜，乃至喝符水、吃香灰，都是沒辦法的辦法。

前些日子，整理衣物，驀然翻到箱底一條麻紗綿條交織的舊花帔，宛若新品，回想那隨風而逝的時光，遺忘及不被遺忘的事物不勝枚舉。例如祖母床頭罐子裡的零食；父親一只抽屜，收藏子女們的生辰八字、古老春聯的範本、一本人體穴位的筆記；母親房裡木頭磨損斑駁的五斗櫃。最愛母親的五斗櫃，小時候趁母親不在，總是偷偷翻看有何寶貝，其實沒有，翻來翻去就幾樣老舊銀器鐲子，不翠不綠的不完整玉珮，唯一完整的就一條黑白約莫六尺見方的棉麻格子大方巾，我們叫她花帔。

這方巾是傳承母愛的信物。

隨著歲月流轉，花帔無聲無息固守櫃子的角落，似牆角小花等待陽光照拂，陽光總不來，因為被忽略在櫃子底層，根本忘記她的存在。拿出來攤開，散發樟腦丸味道，幸好未腐未朽。

一塊充滿情感的包巾，承載重責大任，細細端詳，不似綾羅綢緞亮眼，也不似喀什米爾羊毛高貴，就是很簡單的綿麻黑白紋路，中間繡一朱紅色萬字，並縫上一對圓形鉛片，四角再縫一小小紅折，意趨吉避凶，保佑嬰兒平安成長。此帔耐洗耐磨。腦海裡迴旋一條花帔可以讓好幾個兄弟姐妹輪流使用，有時拜天公的發糕周邊也有花帔包護，多元用途，隨時可見花帔影子，用久了頂多邊毛了。

母親是迷信的，時常交代出門要用花帔把嬰兒包裹好，出生未滿四十天不可淋雨，傳說若淋雨長大會得氣喘，擔心嬰兒受驚嚇，天黑不要太晚回家，若真的天色晚了，要把嬰兒頭臉裹在花帔裡。尤其農曆七月晚間最好別帶嬰兒出門。

七月被描繪成夜黑風高，空氣充滿幽靈，潛伏種種危險，傳說中邪惡的不明鬼神較容易勾纏幼小孩兒，為祈求神明保佑嬰兒順當成長，衣物不可晾在戶外過夜，遇到喪事隊伍要閃避，避不了也要把視線朝相反方向。

鄉人迷信，小孩一病痛總是先問神卜卦，說是沖到東南方，或西北方……必須備三炷香一小份謝禮及金紙隨地膜拜，說也奇怪，小病小痛也痊癒了。母親說碰到這種插三炷香的地方要繞道而行，不可誤踩，類似禁忌繁多。花帔被賦予保平安重任，母親的叮嚀是日常。不可這樣，不可那樣，原本不以為意，可母親一再交代，無形中被置入性行銷。

想到諸如此類事情，竟是對母親的思念，花帔不被重用，不也是對母親的不敬，年輕一輩也寧可信其有，故而早年金門年輕的媽媽都會乖順揣一條花帔在懷裡，嬰兒成長過程中花帔地位不可或缺。人們深信有了它似乎一切不吉利都會隨風而逝，擋煞哪。

我手上這方巾何時從母親手上接過來？久遠了，是出嫁離鄉邁出家門那日。我告訴父母養育我這麼大，就是極好嫁妝，不必備什麼東西陪嫁，以當時物資情況，大概也籌不出什麼嫁妝，彼時可是為愛走天涯，要從金門嫁到臺灣，隔一條臺灣海峽，有多深有多遠？無法丈量，母親擤著鼻子哭泣，用一條舊手帕包了二十個袁大頭銀元及這條花帔遞予我。

父親說：「銀元是讓妳壓箱底當紀念，不許弄丟也不能變賣，花帔有了孩子以後會用到。」誠然銀元無恙，然而花帔卻被遺忘，生了孩子未曾啟用，凝視良久，不勝唏噓，何以未用？兩代之間的代溝，身處繁華的臺北，本身的土氣已經夠自卑，加上環顧四周不曾看見他人用這種花帔。竟而完全未用到這唯二的嫁妝。

記憶回到少年十五二十時年代，此巾喜慶、嬰兒誕生都是主要配件。據母親說：這花帔太重要，真的可以避邪，那黑白格子是白虎宮，細的線條是天羅地網。據傳南宋朱熹任同安主簿及漳州知縣期間，看見婦女在街上露面往來，就發布婦女出門需遮蔽其面，遮的布俗稱文公帕。因為是朱文公所傳，能夠避邪與防風，後來逐漸用在嬰幼兒身上，就是現在育嬰所使用的花帔。

閩南地區承襲八百年的傳統育嬰包巾，所以金門花帔的傳承，已然超過八百年。因而，嬰媳嫁女都會先給一條花帔，做為新生命誕生所需。娃兒報到，都會用花帔包裹，日子隨著嬰兒隨著花帔舒展開來。

老祖宗智慧給了我們極多的安全感，省卻自個尋覓安穩環境方法。抱在懷裡的嬰兒裹著花帔心裡確實篤定多了。我確信它真能祛除穢氣，因為我侄甥輩眾人都在花帔庇佑下長大，也極少病痛，若母親健在，定然會斥我別亂說話，她認為人生順遂也不可以掛在嘴巴，要擺在心底。

近年母島有年輕人發揮創意，把格紋漆在牆上，也製作成背包，公部門展覽也常用花帔當桌布。可我仍期待它帶給人們內心的溫暖。時下年輕人不會在意這不起眼的布巾，諸事自在、隨意。極少有使用花帔者，忍不住心有戚戚焉，科技如此發達，花帔是寂寞了，雖然花帔不說。

誰冷落了花勾籃

花勾籃是一只很普通的竹籃，外表不花俏，卻裝著善意的鄉土人情，鄉村貧瘠且寂寥，不知村外有世界的我，這花勾籃裝滿我的童年，是令人懷舊的一只竹籃，它另一名字叫吊籃，也叫謝籃，樣子優雅沉穩不撩人，遠看近看都是一只普通的籃子，也是一道舊時光的風景。

村莊裡每一戶人家幾乎都有一只，外表素潔內裡充滿念想，承載童騃無邊無際的趣味。舉凡喜事都會看到它的身影，母親拎著它，裡面裝著金紙牲禮吃食，去雙忠廟、城隍廟、觀音亭燒香拜拜。這籃也是懷念母親的老物件。

送油飯、生日壽桃、訂婚結婚紅包花飾，這花勾籃傳遞你來我往的美好時光，小時候對這籃充滿喜愛，看到它，不自覺地想到好吃的盡在裡面，探頭掀開蓋子，裡面有什麼？

重男輕女的農業社會，只要某戶人家生了男孩，出生滿月會煮好大一鍋油飯，亮晶晶的糯米飯分裝許多小盆，上頭會灑幾粒染成桃紅色的米粒和綠色蔥花，色澤鮮豔，外加二顆紅蛋，用花勾籃裝著，挨家挨戶分享喜悅，鄰人收到油飯會回一把花生、或紅豆、或綠豆壓籃回禮。

母親到城裡觀音亭、村裡雙忠廟，也都用這籃盛裝牲禮，虔誠且小心提著。看她一臉敬謹，人籃交融的樣子，不由體會此籃之重要性，小心靈滿懷雀躍隨著母親，感覺人間充滿幸福。

我通常歡天喜地跟在母親身旁，一路上遇到熟識的人和母親打招呼，聊當天有何喜事，無論娶媳、生孫、兒子考上大學、或者豬牢母豬產一窩豬仔，種種都是令母親喜悅的事兒。只要母親提著花勾籃，就知道這陣子歡樂滿人間。

平常看到它高高掛在廊上，最吸引我的，應該是母親把好吃的年糕紅粿零嘴等等，怕我們一口氣吃完，把籃子裝滿，高掛走廊頂上。掛勾是粗枝相思樹旁生一枝椏恰似人形的勾，吊籃高高掛著，除了風乾效用，也防止滑頭的鼠、輕巧的貓偷吃，大人真聰明，也不夠聰明，防得了貓鼠防不了好吃的小孩，趁大人不在，拿把高一點椅頭墊著，偷掰一點年糕啃，真是可口啊。此時回想，莫不是大人故意放水？

記得大侄子出生時，我幫忙送油飯，喜孜孜出門，平常不覺得村裡有什麼狗，這會覺得狗忒多且未拴鍊，狗朝著我狂吠，我提著勾籃全身發抖，蹲在地上哭，回家吵著不幫忙送了，好玩的事也變成艱難。三姐罵我沒路用，平常赤吡吡，做起事來笨手笨腳。

弟考上知名大學，他跟在母親身旁靦腆不安，趕緊揑緊那裝滿謝禮的花勾籃，是母親太開心了，忍不住要告訴整條街的人，無可否認，母親提花勾籃勤奮燒香拜佛，對弟的好成績可能是有助益的，至少母親這麼想。

家裡花勾籃都是父親親手製成。夏日午後，巷弄微微的風輕拂，父親坐在小椅頭，用一把銳利小刀，從竹竿上劈下許多竹皮長條，竹皮劈成一疊，再把曬乾的瓊麻撕成細條織成細繩，然後利用竹條細繩編織許多籮筐，也在這巷子裡補破網，這一些上山下海用品都是父親獨自用雙手完成，鄰居們也是。整個村裡的男人都是工藝高手。

再說大大小小花勾籃，圓形居多，偶有四方形，編好籃子，再用瓊麻編織的繩索綁住手把與籃子，牢固又漂亮，其他大部分農事家事適用，上山裝纍纍地瓜、下海裝沉甸的石蚵，都是粗活必須的籮筐，其中最上得了檯面就那只圓形上了桐油的花勾籃。

三姐家有一只花勾籃，父親上了桐油，並親自在手把上用毛筆寫著「水頭黃家」，是父親的筆跡無誤，父後兄弟姐妹納悶何以三姐獨有？我卻沒有，漏掉這珍品，感覺是否父親偏心？想盡辦法恐嚇三姐家人，作勢要搶，你們要顧好啊。外甥們怕極了，竟然把花勾籃放在極高櫃子上，防著居心叵測的舅舅阿姨。

我們知道只要是父親製作，放置哪位手足家都一樣啊。花勾籃看起來素潔，之於其他產品卻是細緻的。因是父親親手編製，無價哪。到三姐家想到就請她拿出來瞧瞧把玩，讚嘆父親正直一生，只是為何沒留一只花勾籃給我？應是我們幾個後面出生的姐弟少小離家之故？父親或許想，你們在臺灣謀生不易，要這花籃有什麼用，思忖父親不是偏心，是自己想多了。

猶記少時遇兄姐嫁娶，花籃裡盛滿正紅桃紅鬢花、少許手飾、用大紅緞面布鋪著，散發出的味道就是喜氣，一只小小竹籃裝滿未來的順遂與祝福。

時代更迭，年輕一輩沒有人願意拎那只花勾籃，覺得土裡土氣，年輕的母親們提著各式各樣的繽紛的盒子、時髦袋子，滿載故事的花勾籃，何時開始被冷落？

說井

時光長廊裡有許多圖像，斗笠簑衣犁鋤水桶，甚或牛馬羊驢雞鴨鵝，這些在童年生活中息息相關的事物，經常無緣由在腦海浮現。歲月洗去青春年華，但是，尋找關於「水井」的種種未曾或忘，村人賴以維生的水井，很多時候我們稱之為「古井」。日常天色微亮，勤奮的莊稼人們開始到井邊打水，男女老少都圍繞那口井，終年人來人往，熱鬧有如市集。每日生活都從打水開始。

有幾戶家大業大的人家，鋪石板的大天井都有一口井，也有些小戶人家井在戶外，無論戶內戶外水井都是濟世的設施。通常是一塊空地，沿著井邊是一方水泥地，備有洗衣槽及幾個水泥洗衣板，供左鄰右舍取用。這是上一代的慈悲，挖一口井生養眾人，井水如甘泉般的清涼，待繩索把水桶放置水面，噗通一聲，水聲清澈，水質冬暖夏涼，沒有自來水的年代，井之重要猶如母親。

孩童們夏天甚且把井當冰箱，往往把圓滾滾的西瓜用一只竹籃垂吊至幾公尺深的井底，過個把小時再將繩索往上拉，整顆西瓜透心涼，鄰近小孩開心的分食著，充滿童趣。從家裡沿著村子繞，幾個水井各有千秋。

小天井之井

我家小小天井中最重要的是有一口很深的井。大哥高中畢業後為分擔家計無法赴他鄉求學，他最想做的事是蓋一棟安頓家人的屋舍，蓋屋的藍圖是要在屋內挖掘一口井，避免家人寒冬烈日風吹雨打還要到百公尺外的戶外挑水。

因此，有很長一段時間，他從農會下班回家都和父親聯手製造水泥磚塊，在紅大埕把水泥與沙和著汗水拌勻，製成小長方磚塊，待曬乾疊成一落落。為了磚塊他必須經常牽一頭驢從海邊馱沙子回來放在紅大埕，沙子經年累月經日曬雨淋始能淡化。有了沙和平日存款般囤積的水泥，蓋房子變成具體可行。

歷經我整個國小學程，直到快畢業終於蓋成一層樓，新屋樸拙卻堅固，全家歡天喜地「喬遷」。再過三年又蓋了第二層，有了安生屋舍，並有了如生命泉源般重要的那口井，家變得更溫暖亦時尚。

由於村子裡地勢緣故井水蠻深的，不像我三姐前水頭黃家，井水極淺，兩三下打一桶水，我家的井繩索需要數十公尺長，晨間大哥會為大嫂打滿井邊水槽的水供一日家用。晨間，我通常揉揉眼睛把臉盆往井邊一放，大哥也會幫我把水給注滿，日後回想，這可是親情自來水，兄姐打水，我總是偷懶，站旁邊即可。

平常不小心打破碗盤，母親會趕緊丟到井裡，嘴裡唸唸有詞，碎碎平安。有一次年節不小心打破一個碗，怕母親責怪大氣不吭一聲，偷偷往井裡丟，年節打破碗盤母親認為不吉利，會發脾氣。整日心裡七上八下惴惴不安，深怕有人發現。

水井旁種著一株桃紅茶花、一盆粉紅色梅花、一盆茉莉，都是老欉，季節到了便恣意怒放，加上其他小花，天井隨時都生氣盎然，當中有二條繩子掛著曬太陽的衣物，顯得有些擁擠，卻彰顯居家的溫度。其實天井非常小，在我心裡卻無限大，旅居寶島腦內經常盤旋天井這幅景象。

桃色之井

關於井的故事何其多，這口井在戶外一棵相思樹下。

早晚左鄰右舍既在井邊打水挑回家用，女人們會圍繞井的周邊洗滌衣物，順便東家長西家短，或有男女的曖昧故事也順理成章的傳遞，大部分是村子周遭碉堡的阿兵哥為要角，因為他們把軍服送到井邊人家給姐妹花清洗，軍人當久了，見著妙齡女子真是母豬賽貂嬋，何況井邊姐妹花是中上之姿，更是迷倒眾生，因此這兩姐妹在軍中地位不輸鄧麗君，恐怕在阿兵哥心裡更勝連長營長。光看姐妹花把軍服上了肥皂，泡沫揚起又幻滅，想像空間也大，恨不得出手幫忙搓洗，這口井就因這些年輕男女而增添許多花邊趣味。

也有村裡婦人的緋聞，大人們說這味道重了些，好比醃過的臘肉，經過時間晾乾，吃起來嚼勁不同。經常是大嬸們熱衷的話題，所以東家大嬸提高嗓門說某大叔與某家媳婦在某地方做某事，揚聲渲染西家媳婦，周邊的人譁然，交頭接耳。經常高粱田或某草房這些詞兒貫穿其中，我年紀小聽不懂，但回家聽姐姐與大嫂吱吱喳喳，心想必有啥事發生。可姐姐們神祕兮兮，講完了抿嘴偷笑，母親靠近她們即噤聲。

青春正盛的阿兵哥藉洗衣服和井邊少女談起戀愛，引起姐妹花父親大發雷霆，將女兒禁足。視軍人如寇讎，憤怒把洗衣招牌給拆了，少了洗衣少女的身影，阿兵哥仍流連井邊不捨離去。剩下就是某兄某嫂某嬸某叔的眉來眼去，使得井邊煞有春色，經常讓人們近午日頭直射才肯各自回家。

那時愛跟著兄姐身後去打井水，姐姐挑一桶水要耗費很多時間，因為逗留井邊可以聽許多五花八門的故事。稍長，體會即使身處閉塞的社會，男女情慾怕也無法規範。喜愛偷窺是人性，傳言也成為文化哪。

大天井之井

天井是四合院房子的心臟。村子裡有一戶華麗大屋，天井有一口氣派非凡的古井，用花崗石板砌成的井緣，這井自古就是慈心的井，滋養村裡北邊多數人家，延伸的場域也供大人休憩、孩童嬉戲。

天井更是愛與關懷的地方，尤其當夜晚月光灑下，天井溫柔又神祕，聊天、乘涼、喝茶、拉胡琴、說故事、打小孩、吵架……是值得流連與不可或缺的空間。

前鄰堂伯父家，所有院落雕欄玉砌異常精緻，一個寬敞石板天井，一口石塊雕塑的深水古井，井邊放著打水的木桶，或洩氣的籃球切掉三分之一，兩邊綁著繩子充當打水木桶，這不只有些興味，也吸引孩童打水的樂趣，最吸引我的是兩旁長長的石椅上種的茉莉、繡球、素心蘭及含笑，含笑與玉蘭尤其香，女性長輩最喜在炎炎夏日摘幾朵茉莉擺在神龕前面，飄著淡淡香味。我最喜趁他人不注意偷摘含笑或玉蘭放在口袋裡，散發濃郁的香氣，令人著迷。

天井有月光的夜晚更是迷人，月光下人們顯得和藹，白天的銳氣、粗氣少了，男人也多了少見的溫柔，即便喝酒吃花生，閒聊時事也顯出些許淡然，不似白日咄咄逼人。

井邊故事，除了人們愛聽的男女情事，也有溫馨討喜的小事，譬如孩童打水吃力，旁邊大人會伸出援手。某戶人家小兄弟挑水起了紛爭，通常哥哥欺負弟弟，把水桶推向弟弟多些，弟弟負擔重了便哭，有阿兵哥看了順手幫忙提到家裡。也有極多鄰人紛爭，在井邊獲得他人勸解和好。

無奈之井

在這單純樸素農村，也有過夫妻不和演變成跳井自殺的悲劇。一回，從島的北邊嫁進村裡數年的少婦，就住在我家隔壁，據說是因為家裡經濟拮据拿了鄰人一筆聘金，故不滿十八歲嫁到我們村裡，丈夫大她二十幾歲，人稱小新娘，初始看不出有何異樣，也生下兩個孩子，由於村裡有駐紮部隊，年輕軍人經常在村裡穿梭，是否有異常感情，鄰居指指點點，日久夫妻之間常起勃谿，經常吵架摔東西，也常有割腕或離家出走的戲碼。

在一個冷冽冬日的傍晚，小新娘嗚咽的一躍，跳進數十公尺深的井底，左右堂兄叔伯趕緊結梯，身強力壯的沿梯下井底救人，雖把人扛出井底了，可惜回天乏術。那年輕小新娘從此香消玉殞，看著兩個孩童流著鼻涕，瞪著大眼看著媽媽，丈夫悲淒無奈欲哭無淚的神情，圍觀眾人無不鼻酸，流言從來就是殺手，從此那井就被水泥蓋子給蓋上，不再打開。隨著時光流逝也淪為鬼魅傳說，每回經過，眼光不敢直視那井，身子打著哆嗦趕緊離開，總想著小新娘著紅色衣裳的身影隨時會出現。

父親說一口井天天打水，它的泉源是活的，取之不盡。不再取水漸漸就乾涸了，慢慢不再有水了。一口甘甜快樂的甘泉就此走入歷史。

「流言」會殺人是留給世人的警惕。

失落之井

總之，日子要進步，一時風駛一時船。兒時看到的二落三落四合院屋頂燕尾鑲著琉璃似美豔的貴婦，我家在大宅旁邊是不起眼的小屋小灶，應屬小家碧玉，但家裡小小天井有一口井，青少年過著無憂無愁的日子，這也令我感到驕傲呢。

後來，自來水來了，家用井不再重要，只有二哥種菜的田裡尚保留一口井，日日挑五、六十擔水澆菜，井水仍源源不絕。回家總要去看二哥滿園翠綠的菜圃，周邊種滿鮮花，每回我都把頭俯向井裡，因為這口井比較淺，井水清澈照著我的臉，像一面照不出皺紋的鏡子。

爾後，家裡的井以及鄰居的井，就理所當然不再派上用場。如今，不知在什麼地方的井邊，可以有一群人圍繞著，繼續地製造故事呢？忽地領略天地萬物什麼是永恆？唯有天上燦爛星辰依然不變，以及內心那口永遠的水井。

轆轤

家在村子的中心，隔一個大埕再一戶人家，有一個我家的菜園，園子不大，畜養一頭牛一匹馬一小群羊一牢豬，及零星的雞鴨鵝。當然跟著時序種了些花生地瓜及容易生長的韮菜蔥之類的菜蔬，四周芭樂龍眼圍繞很是熱鬧。

鄰人有一口井，兩隻小水桶掛在轆轤下垂的二條繩子，年少時，弟弟寒暑假幫父親打水澆菜，太認真了井水經常被打乾，鄰人向父親抗議：「唉，你的孩子都把井水抽乾了，我要用水都打不到。」要等水源再蓄到水桶還等一段時間。鄰居也不是真生氣，但井是他們家的，父親只能一再道歉：「小孩子不懂事，失禮失禮。」造成他的不便，然而鄰居有雅量，笑笑帶過。

在早期田裡到處會遇到轆轤。家用尚未安裝自來水，農作沒有泵浦，烈日下打水極正常，可是父兄汗水淋漓，田裡的泥土水資源是缺乏的，兄弟們互相砥礪如何脫離這貧困的日子才有可能出人頭地，父親鼓勵孩子讀書，唯有讀書一途才有出脫，日後印證真有貧農子弟當上總統，

「萬般皆下品，唯有讀書高」可不是隨便說說。

今日偶爾到田裡踏青，還會看到一、二口井還留有掛轆轤的二根柱子，孤獨寂寞杵在那裡，叫人惆悵。轆轤是一個時代的功臣，利用滑輪原理製成的井裡汲水用具，農人打水耕作省卻許多力氣，因著時代進步，泵浦汲水取代，不再有轆轤的影子。

母校湖埔國小建校百年校慶，眾多校友返校，弟弟向鄰人宗叔深深一鞠躬：「對不起你家大哥啊，當年每回搶他的井水。」宗叔呵呵大笑，大家一起過生活嘛，正常。農村生活這般純樸如春風拂過，一切了無痕。

一條粗繩穿過轆轤綁著水桶，把水桶放下井底吸水，那桶水要拉出水井是吃力的，真像莊稼人的人生，靠雙手奮力往上。盛暑傍晚每一桶水都清涼甘甜，隆冬井水則溫暖柔和，很奇妙。孩童時期每一日都在風裡雨裡豔陽裡行走，春天春風拂面，冬日北風狂嘯，春夏秋冬天空又高又藍，映著稚嫩的每一顆心，日子朗爽啊。

鄰人那口井懸掛的轆轤，正是澆灌我家菜園及飼養家禽的水源。尤其養豬是大事，幾乎全家人都忙著豬事，父親忙著種地瓜，地瓜容易生長，韌性十足，像極了當年的我們，任意成長卻健康陽光。剪一截地瓜藤插在土裡就可以在地底生成纍纍一串，完全是金門囝仔的寫照。

三姐忙著蒐集乾枯的地瓜葉；壓碎和著地瓜皮等由大嫂為豬煮食，母親把豬食加豆渣餅酒糟等一桶桶提至菜園養豬，距離買方要來買豬的日子，母親總希望可以讓牠們吃好一點，吃得飽體重多，可以多賣一點點錢，依稀記得在關鍵當口豬隻莫名胃口不好，母親因此愁容滿面，煩惱如何讓牠們能有好胃口，這些是陳年往事了，確實存在我們兄妹成長的歷程裡，往前是往後也是。

日子過得貧瘠是當年人們共同的回憶，年少分不清生活有何喜樂或悲傷。只是每日看著父母兄長從旭日東升忙碌到夕陽西下，回到家一臉疲憊，勞動過汗水直流，體力耗盡了，每一張臉都是對生活的妥協。

漸長後知道一切忙碌只為了糊口，心願太小了，但是，多麼現實且卑微。跨過半個世紀，幸好經過每個人認真的態度，島嶼已經蛻變成長如一棵有樹蔭的樹。

菜園裡的羊

四姑母最愛叨絮母親與羊的故事，此事詮釋養兒育女的艱苦，雙親必然為我們的三餐傷透腦筋。有一回母親回娘家，順手牽了一頭娘家的羊沿著小路走回家，姑母津津樂道：「你們幾個舅舅都坐在廊簷下，妳母親沒吭一聲默默把羊牽走了。」當下一切悄然無聲，彷彿時光靜止。日後思忖在舅舅們的眼簾下，母親光明正大把羊牽回家，這是智慧（姑且認定問了他們也會同意），被兒女所逼，母親說「跌入兒女坑」。

其實外婆家環境比我們家好，房舍多又大，田地比我家多；有一群羊豢養在草寮牆邊，低著頭吃草，後腳踢踢前腳踢踢偶爾咩咩兩聲，樣子非常討喜，任誰都想解開繩索把羊牽走。

母親把羊牽回來，舅舅們有雅量，從此我家永遠有羊隻，對生活不無小補，母親順理成章牽的羊，無非因為生養了一群孩子們，生活所逼。

外婆家的羊在我們家傳宗接代，永遠有一小群羊在菜園裡繞圈圈，有一回一隻母羊生了三隻小羊，有一隻天生弱小，總是吃不到母奶，二嫂一天數回用奶瓶餵牠，那隻小羊不跟牠的母親及兄姐，每回看到二嫂如見親娘，並且跪著吸奶嘴，跟著二嫂團團轉，看了覺得可愛又感動，動物尚且知道反哺，何況是人，所以，羊是多麼討人喜歡且吉祥的動物，牠們吃的是百草，生性潔淨且溫和，菜園裡的羊永遠是主角，偶有回家必定到熱鬧非凡的菜園探望牠們。

談及從外婆家牽回來的羊，不禁想起舅舅家客廳門板後面永遠放著一具壽棺，我坐在舅舅家客廳，舅媽煮一碗豐盛點心，然而，看那棺木直杵門後，很嚇人，內心忑忐，邊吃邊偷瞄那黑嚕嚕綁著紅布條的巨大木作，草草吃了那碗點心趕快離開大廳。成年後才知道環境好的人家才會在六十大壽預做壽棺，外公堂兄弟都長壽，伯公叔公每人一髯白鬍長及胸前，慈祥和藹，我家到城裡必須經過外婆家，經常看他們兄弟坐在門口曬太陽。

前陣子在外婆家附近遇到表哥，他在海邊開了一家漂亮民宿，為人豪爽，客廳裡的客人川流不息，我開玩笑說應該還他們家一頭羊，他笑嘻嘻說：「連本帶利要還一百頭才夠。」我告訴他，舅舅們的大器及愛心豈是一百頭羊所能衡量。這個充滿愛及反哺的故事，一切都因為母親與羊的緣故。

廚房春秋

忽然間，很想念我家的灶腳。走遠的是時光的累積，不是消失。近的又太匆忙，沒緣由滿腦子話當年，驀然，許多被遺忘了的事物，在某個時候忽然湧上心頭，久久不能消失，彷彿童年就在眼前，灶腳更是歷歷在目，彷彿除夕夜父母親忙完家事，就著煤油燈挑選花生種子，等待清明時節來臨要播種，彷佛父親帶隊上山種花生，彷彿家有慶典母親大嫂忙進忙出，許多事物都擺在眼前，像是一幕幕影像，用現代工具形容便是手機螢幕，一根食指便滑了過去。

像是在夢裡，很長的一場夢。

灶腳餵養一家人啊。

四合院裡的櫸頭，通常是灶腳所在，灶用土角堆砌，周圍鋪上水泥，檯面鋪著紅磚，有大小二個灶口，二管煙囱穿透屋頂，各家各戶透過灶腳，炊煙裊裊，真是無聲的風景。家裡的灶上放一個大鼎，另一邊放一只小鼎。大鼎過年時候蒸大床年糕、及紅粿、發糕、平常時煮餵豬飼料。小鼎負責平常三餐，沒什麼好的食材，地瓜稀飯、地瓜籤稀飯，節日及祖先們祭日較豐盛，或有高麗菜炒三層肉，偶爾大骨頭燉筍絲。總之清貧之食、油膩之食，皆在灶腳這兩口鼎進行。

母親說灶有神明，所以平常對灶君要虔誠，過年時要膜拜，灶上擺一碗飯且插上一株飯春花，就是朱紅色紙做的花、綠色葉子，求神明保佑的那花，佛龕前面插在飯碗上面的那種。因此，對於家裡的灶，我充滿無比敬意。

通常二個灶口，嫂嫂她們輪流看火大小，母親在重要節日，蒸年糕等大事才有顧灶腳，其他是嫂子們輪流添柴火。回憶裡最多的燃料是土豆藤、高粱梗、麥梗及哥哥弟弟從馬路上、山上耙回來的木麻黃針葉。

母親說講錯話惹灶神生氣，年糕會蒸得半生不熟，這是最糟的情況，任妳如何蒸就再也蒸不熟，絕對不可問「熟了沒」。話說年糕蒸好了，一籠一籠似八月十五的滿月，糕面圓潤閃閃發光，全家歡天喜地，母親心情忒好，一片晴空萬里，冬陽也特別暖和，日子亮燦燦。

灶腳故事何其多，春夏秋冬酸甜苦辣，母親與大嫂經歷尤其深刻。個人是簡單的口腹之欲，要餵飽全家人的胃才是大工程。大鼎煮著豬食，弟弟的便當經常是鋁飯盒裝著米埋在豬食裡煮熟，別看那鋁飯盒可是沒幾個人享有，兄弟姊妹都是吃地瓜，日後我曾笑老弟，你的飯可是蹭豬食煮出來的。他哈哈大笑，原來要如此，未來才能頭角崢嶸。只要老弟返鄉，母親也不知從哪裡弄一碗燕窩慢火燉煮給么兒進補。我常怪父母把老弟生得太好，他幸好沒選文學路，否則今天輪不到我在這叨絮。其實我和弟弟占其他兄姊很多便宜，家人要吃米飯不容易呢，我和老弟讀國中時，每日天光微亮母親會為我們熬一小鍋濃稠的米飯當早餐，一整天直到放學時分，胸臆滿懷母愛與幸福感，不知人間有疾苦。

向晚縷縷炊煙，整個村子約略同一時間都升火了，若在村子外緣，遠眺村內，喔，回家有晚餐了。三哥是敦厚有規律的牧童，他幫忙在田埂揮舞旗幟趕走飛鳥，二哥笑三哥好像在喊救人喔，三哥不以忤。傍晚將臨時，誰都會因一日將逝而生嘆息，但是二哥三哥不會感嘆，只會望著風在樹枝上輕輕吹過，兄弟踩著夕陽餘暉牽著牛隻漫步返家。

夏天廚房這一小方天地顯然令人窘迫，主炊者逃不過燠熱，無法似隆冬般充滿幸福感，大嫂會在午後早早把一鍋地瓜稀飯或麥糊摻地瓜給熬好，待傍晚涼些好入口，全家人簡單用完晚餐，可以沿著木梯到屋頂上數星星，在屋頂上睡覺是夏天普遍景象，不用冷氣風扇，下半夜會被露水滲透，薄被枕頭都潮了，乍醒，甚或有些涼意，孩童撐得住，大人會在下半夜回到屋裡。說露濕霧重將來對骨頭不好。

回想童年各種景象，我愛談天你愛笑，好像是昨日之事。

好長一段時日兄弟離家數百哩，整天只有不事生產的我繞著父母打轉，因而大嫂為父親煮的點心，也會特留一碗在灶上給我，回家第一件事先到灶腳探頭，蚵仔麵線在否？後來，侄子們長大，圍在大嫂身旁換她的兒女，我因求學、就業，經年離家，可灶上下午三點的一碗蚵仔麵線點心，午夜夢迴乃至夢裡無數次驚喜，以為伸手可得。

灶腳如此誘人，暖心暖胃暖親情，比之大山大海多嬌嫵媚，更是貼近現實的人心，多少溫馨戲碼在各家灶腳上演。

如此想念家裡的灶腳，想念母親，想念大嫂，她倆一生青春貢獻在我家灶腳，算是一線將領；掌管烹食數十載。灶腳更是母親人生一大部分，母親是統帥，發號施令一輩子。掌理三餐來源，一大家子二十來口，貧瘠年代辛苦可想而知，可我們卻是充滿希望的家庭，得父母真傳，全數積極樂觀正面，向顏回看齊，一簞食一瓢飲，不改其樂。

母親飲食極簡，不油不膩不鹹，連水果青菜都極少上口，僅食用地瓜稀飯配肉鬆，老人家亦喜歡保力達B，她說有人告訴她喝此飲料可遏止滴尿，喝著喝著竟上癮，望著母親看著該飲料露出喜悅眼神，二嫂說年歲大了，是否別讓她再喝？我意見相左，就因為年歲大了，能吃能喝別阻止，不忍叫她不喝了，這時期她已不太管理灶腳諸事。母親九十五高齡離開我們。

世代交替原本常態，每個家庭亦然，總之婆婆薪傳媳婦。今日各廚房被一桶一桶瓦斯侵占，瓦斯爐也取代土灶，便利性帶來冷漠感，猶如失落的一個世代，也失落我的青春年華。

無聲的灶腳

大嫂的故事很長也很悲傷。回望昔時，豈能不哭？她現在生病了，躺在病床上，雙眼睜不開，神智尚且清楚，或許跑馬燈在腦海裡盤旋：與大哥的甜蜜時光、臺大醫院附近常德路中山南路一帶，跨越病痛生死，對這城市有什麼思維？只能是痛苦的起點。鄉下來不識字女子一步一蹾、陌生的臺北讓她走出些許溫度也走出悲涼，醫生與護士對她的同情、每日交談數語、手拎著血庫拿出的血袋，既惶恐又憂慮，一幕一幕的糾結，彷彿走進沒有光的黑洞。

她學會在臺大醫院附近穿梭，也學會簡易的護理照料。每回到醫院探望大哥，看大嫂孤獨無助的身影，看一回心酸一回。

沒有民航班機的年代，到臺灣就醫比登天還難，交通不便，軍機顧名思義，不是給一般百姓搭乘，浪得文青少女薄名的我，壯大膽子到縣府向縣長陳情，縣長體恤，給了家人搭機的方便，讓大哥順利到臺大醫院就診，腦部手術風險極高，弟弟剛上臺灣大學一年級，我們姐弟倆壯著膽子提兩瓶商標發霉的高粱酒去敲腦科名醫的門，醫生看我們年幼且來自外島，答應盡全力搶救大哥。

手術那日，大嫂和我及弟守在手術房外，焦慮的等待，顫抖的身軀，我握著她冰冷的雙手，度過緩慢的一分一秒，但是大哥手術後未再醒來，冰冷的病房只能讓她在角落哭泣，在醫院待了一段時日，父母看治癒無望，與大嫂商量後再度帶著大哥搭軍機回老家。

大哥終究在人生列車提早下車，大嫂處在這鬧哄哄大家庭裡任勞任怨，是位沒有聲音的人，內心的孤寂，只有灶腳知道，灶裡柴火的光映著大嫂的臉，經常眼眶含霧。我們傳統家庭，家人體諒卻無法改變，年輕的我不甚理解，哪裡懂得大嫂內心寂寥。

彼時，大哥是才華洋溢的俊男，相親幾位女子，獨愛大嫂圓潤的臉蛋、不善言辭，總是羞澀微笑，媒婆走了無數趟，大嫂父母看我家手足眾多，身為長子的大哥條件實在不好。然，大哥鍥而不捨，媒婆一回二回無數回，終於得到大嫂父母點頭。十八歲花樣年華的姑娘終於成為我家大嫂。家人都異常開心。

曩日，尤其是冬季，鄉下艱困，沒有潤澤沃土，菜蔬雜糧不茂。北風呼嘯吹著，冷冽刺骨，風總是從窗櫺縫隙震動作響，整棟老屋處處冰寒，唯有灶腳似一個暖爐，是屋子的心臟，是整棟屋宅最溫暖的所在，也是大嫂藏身之處，灶內熊熊火焰煮著一鍋鍋素樸沒有羶味的食物，最愛窩在灶前燒柴火的大嫂身旁。

我愛膩在大嫂身旁絮叨瑣碎事物，只因她不曾嫌我煩，因此相處親似姐妹。而我蹲在灶腳當她的小跟班，講許多學校新鮮事兒給她聽，陪她在灶前燒火是大嫂另一種小小的幸福。

如今她生病了，躺在加護病房不言不語，讓我想起年輕時她為家人的付出，煮飯洗衣、剝蚵殼……不禁回想起少女時期的種種，初中了或者高中，她仍然幫我洗制服、洗蚊帳，仍然眼睛發亮聽我靈活靈現說著學校趣事、同學間的早發戀情，她沒上過學，或許借我的敘述帶她走一遭青春校園。同學們因為對鄉下好奇，喜好到家裡吃地瓜，煎的烤的，大嫂樂意準備，總是笑臉迎人。

大哥健康時對大嫂是深情的，即便連生五個女兒，照樣疼愛有加，下了班除了幫父親做粗活，也照顧稚幼兒女。有一回，大哥騎著島上唯二的摩托車載著大嫂回娘家，她在後面側坐，保守年代不好意思環抱夫婿的腰，摩托車聲響太大，不小心掉下車，大哥竟不知曉，到岳家才發現嫂子不見了，趕緊尋原路回頭找，我們聽了全部笑得前俯後仰，大嫂靦腆：「大家烏白講，沒那回事。」諸等趣事讓空氣充滿甜蜜。

可大哥突然來的大病讓她來不及反應。

重男輕女的農村，讓她一口氣生了五女始得一男。第七胎仍是女兒，尚在襁褓中，大哥倏然離去（七女只好草率送人），遺下大半的人生讓愛妻處於孤獨寂寞。三十八歲的她形單影隻獨自面對深井打一桶桶的水，與無言的灶腳共度無數晨昏，此後圓圓嫩白的臉消瘦且常駐陰天。

經常在夕陽餘暉穿過木質窗櫺經過大嫂房門，聽她在屋內啜泣，我總是忍不住進去輕拍她肩膀，大嫂，別哭了。這同時我也哭了。

大哥離世，大嫂無奈且絕望。除了照顧六個孩子，還得幫忙收集地瓜葉煮豬食，張羅三餐，許多時候守著灶腳裡的大小事。

灶腳給大嫂極度的安全感，無數回苦悶，躲進去煮三餐，灶裡熊熊火焰熾熱，燒的柴火更像燒著人生，可以忘卻現實世界，也可以短暫忘記不幸，所有心酸孤寂怨懟，被幾個孩子牽絆，不識字的她認命的妥協下半生，既苦澀也無奈。

後來，我鼓足勇氣告訴當時的縣長，告知大嫂窘境，縣長二話不說幫忙安排到大同之家當照護員，既有收入，又可排遣寂寞，倏忽二十幾載，大嫂有工作，悉心照料院裡老人，自己又有責任感，照護老人的日子讓生活有寄托。

工作後大嫂唯一改變是酒量變好，也會唱歌。

幾個女兒離巢了。獨子留在身旁娶妻生子。公婆晚年她自然而然扛起照護工作，尤其高齡九十幾的母親牙齒咬不動較硬食物，她每朝騎著腳踏車，從城裡煮一塊紅燒豆腐回家給婆婆配稀飯，我們兄弟姊妹感謝她。她說：「你們大哥走得早，我也極少回娘家，婆家是我永遠的家。」時光慢慢沖淡憂傷，她把視線放在兒子身上，平日節儉度日，侄子三個孩子都在大嫂背上長大。

侄子來電，大嫂躺在加護病房，肺癌四期，我親愛的大嫂，一生靜默無聲，內心悲苦，不曾言及改嫁，身為小姑有著不捨與體諒，青春耗在我家灶腳，或不是耗是貢獻。

長嫂如母，灶腳煙囪穿過屋頂，縷縷炊煙，彷彿大嫂仍然坐在灶腳前若有所思燒著柴火。

舌尖上的記憶

每回返鄉，踏上下機階梯，深吸一口氣，嗯，很舒暢。

空氣中充滿熟悉溫暖的味道，然，因為舌尖貪婪一定先想接下來吃什麼好呢？廣東粥配油條、蚵仔煎、蚵仔麵線、紅粿、膨阿粿、糕仔、土生土長的花生……什麼好呢？阿美姐說紅粿、糕仔聽起來不怎麼樣，別理她，她是沒吃過金門在地特產的土包子。反正一定要買。

話說紅粿、膨阿粿向來是二嫂幫我張羅，尤其紅粿，以往到貞節牌坊附近商家都買得到，近年聽說換第二代經營，沒有「良辰吉時」是買不到的，年輕人或許辛苦或許煩了沒做，所以二嫂都要提前打電話訂。我最愛吃的那款聽說來自古寧頭。為何不天天做？有一次我連續三天問代售商家，不是一早賣光，就是沒進貨，失落的心情鬱悶極了，如此普通的嗜好竟也落空。

做粿是很辛苦，可如此多忠實客戶，可以大量經營呀，如若企業化製作，銷路一定非常好，只要品質維持原本水準賣相就很好了。

近日因文學豆梨季之故，大夥夜宿金城某飯店，晚上檢討白天行程，阿寶大方把唯一一盒紅粿蒸來與眾人分享，阿美姐一吃，天啊，這美味如何形容?莫非上蒼所賜?從此戀上紅粿且成為忠誠食客。

紅粿原本每家都能做，因為製作過程繁瑣，粿母要發酵，粿皮要揉到剛好，花生黃豆綠豆小麥……各種材料攪拌當餡，看似容易實則不容易。如果我家人做，會建議二嫂去菜園邊的大黃槿（粿葉）摘幾個幾葉墊著紅粿再到灶上蒸，香氣濃郁比之塑膠紙又香又無毒，自己百無一用只用一張嘴做粿罷了。

可惜時代進步也淘汰了許多人具備的能力，一切簡化，買得到何需自尋煩惱，膨阿粿也一樣。

記得就讀金門高中時，大哥在農會上班，他以為我這小妹堪造就，花錢讓我住校，所以我與小金門同學特別親近，每晚同一宿舍，混著混著感情忒好。偶有相約闖出校門的違規行為。可說大哥誤判，我的心思沒有在課本，嗜讀雜書兼做白日夢。而且每天想著趁教官沒看見，和同學溜出校園外面找東西吃。當後浦人真好，有肉粽大王、鍋貼大王、鹹酥餅、索阿鼓……等等，這樣的人就知道日後會辜負大哥的。

後來從臺灣海峽出發，成為離鄉遊子，漫漫長夜思啊想啊，哪裡有什麼家鄉味可餵養，交通也不發達，家在海的那一邊，路途遙遙，我又如此好逸惡勞，不肯也不會自己動手，只能將就臺北市場買的東西，只是類似的食物，可都沒有母親的味道，試了幾次那些類老食物，確知此物非彼物，碰也不碰它們。

明知返鄉一趟簡直難如上蜀道，一切的一切盡藏在夢境裡，青絲都染白了。多年以後終於回家的路順暢多了。

說起這些老食物，當年因為生活貧困，零嘴是奢侈品，可一路走到今天，誰能告訴我，為何腦海總是盤旋著老食物，想著想著趕緊提個行囊回家。

回家理由甚多，以味蕾懷想最叫人心動。

春分季節，欣欣向榮的田野，綠意盎然百花齊放，沒有秋天惆悵，冬日酷寒遠走，風從枝椏嫩綠穿過，暖陽與綠色草原結合，鋪上塑膠布，一家人圍坐草地上吃一些老食物，畫面歡樂又懷舊，站在有人的地方讓人走過，站在時光裡，歲月不回頭，一起緬懷舌尖上的記憶。

看了烏俄戰爭，我們也走過烽火，回首彼時只能擲筆一嘆。承平日子過久了，幾乎忘了那一頁曾經，整天減肥掛嘴巴。烏俄之戰帶來最大領悟是不用減肥，減肥只是名詞，不是動詞。

老味道

煙囪冒出的輕煙，隨著風向遠颺，煙似雲似霧，沒有人知道會飄向哪裡，我只關心灶腳裡烹煮的是什麼，不會是山珍海味，就是一鍋健康及溫飽食物，沒有名字。後來離鄉各奔東西，闖向天涯，沒有虧待自己，走了很遠很遠的路，繞了諸多國家，玩膩了終歸要回來的。

然而，不管道路綿延多長，嚐過多少美味，總會回到蚵仔煎紅龜粿的味道。

童年貪愛的食物纏繞一輩子，揮之不去。隔壁鄰居喜獲麟兒贈送的一顆紅蛋，母親用一條縫衣服的細線，小心翼翼切成對半，讓弟弟與我捧在手心慢慢享用。母親出門喝喜酒，我眼巴巴盼著不肯睡覺，為了等她用手帕包回家的兩塊小禮餅。那一顆普通白煮蛋，那塊又甜又膩的喜餅，如今看來多麼微不足道，卻如空氣般盤旋，占滿腦海不肯離去，越懷念越覺得美味。

貧窮也是味道，激勵我們上進，番薯藤纏來繞去，覆蓋地底的地瓜，黃心紅心都是上天賜予的幸福。紅高粱、小麥、花生，我們不是南方人嗎？卻似東北般種高粱小麥，無非土壤貧瘠，起伏的丘陵，火成岩夾雜砂石地形，只能種地瓜高粱小麥，這些雜糧卻也孕育我們那年代長大成人。沒有富庶的魚米，只靠沿海小魚小蝦滋養。

少小負笈他鄉，慘淡的日子浯島子女都嘗過，憶起過往，每個人都從料羅灣開始而有不可抹滅的故事，精彩絢麗或灰白無色，都掌握在自己的手裡。在臺北的市場打轉漫長歲月，學會先掂魚肉菜蔬價格，不敢隨意購置；人來人往形形色色，富有者有之，貧窮者有之，觀看其臉色動作，總可臆測其生活狀況，自忖哪個價位是自己可以輕易打開皮包，哪個價位得待環境改善再說。

會度量著過日子，大半也因烹煮不出日思夜想的老味道，更因為，自知輕重始可累積後半生的無憂。

但日子隨著時光流轉，從少女少婦到熟齡到初老，增添的紋路及髮際霜白；子女有成，孫輩誕生，午夜夢迴仍盤旋著老家每一種味道。很普通的食物，經常讓好吃的我思念到難以成眠。

清明節，霧季，看準返鄉洶湧人潮，除了機票一票難求，也擔心老天爺撒下濛濛大霧，經常不敢有返鄉念頭。然而，彷彿聽到二嫂在廚房鏗鏗鏘鏘的聲音，滋滋作響的油炸聲似乎穿破雲霄，到了臺北，到了夢裡：蚵仔肥了？十幾樣材料：筍子、豌豆、青蒜、豆干、肉絲、蚵仔……前一晚細細切好，二哥買「七餅皮」排隊排了四十分鐘，帶著家小挑二籃牲果掃墓去，雙親必然怪我不孝，何以年年缺席，無非買不到機票惹的禍。

恰巧近日三姐要回家鄉「做頭」，我咕嚕一句：「好想吃七餅，想念那味道。」姐妹情深，吃長齋的她牢記我的鄉愁。返臺時帶回二嫂滿滿的愛，連七餅皮都附上，我雀躍似孩童，趕緊賴小兒子，晚上有二舅媽的七餅可吃。挑剔的兒子爽快回答，好。他對於吃這檔事通常答覆我，不要。因為他愛舅媽的手藝，所以答得乾脆。

是晚，幸福感飽脹。感念二哥二嫂長年鎮守家鄉如父如母，隨時給予異鄉為異客的弟妹們安全感，家鄉事一概交由二哥處理，眼眶一陣發熱。

不過提到「吃頭」這件事，心裡納悶，心想這麼認真當楊家女兒，祠堂吃頭女兒沒得參與，每次抱怨，二哥調侃：「我在祠堂門口擺一桌給妳吃。」雖是笑話，聽了傷心，重男輕女莫此為甚。

打了個電話給二哥，我要找一天約兄弟姐妹全體回家，主題是「記得當時年紀小」天南地北話當年，約好除了老家兄弟姊妹團聚，其他哪兒都不去。請轉告二嫂要準備黃甲魚、蚵仔、芋頭、煮芋頭稀飯、還有田裡青菜可別賣光……。

二哥回以：會煮一大鼎給妳吃。我內心當然知道他是把我當豬，才會用大鼎。我這二哥，我可得好好想幾句話語回家嗆他，可想到每次回家他眼睛發亮開心的樣子，兄弟姊妹用「手足」

兩字詮釋，真是太完美了。

霧尚未散，清明節已過去了。二嫂還原母親的味道，滿足家人的味蕾，稍解些微對老味道的眷戀。

早年生活貧瘠飲食談不上樣式，然而不管是南風天濕悶或北風颯寒，總有屬於我們的食物，上蒼給的環境再差，自有餵養百姓方式。

浯島四面環海，以沿海生物為生，再加上幾千栽薄田，飲食實屬簡單，回眸省思，所有食材雖不昂貴卻是無比新鮮，後來離開島鄉，異鄉異地吃食比不上兒時所食的純天然，處處充滿防腐劑。

父母親四十幾歲才生我和弟，我占小女兒位置，總是嘴甜討他們歡喜，動不動就哄哄他們把我生得真好，腦袋也好，長得也可以，都是得自真傳啦。父母親也需要被讚美，他倆每回笑呵呵說，我也這麼認為。明知自身資質樣貌普通，無非是吃了魚、蝦、螃蟹、海蚵，山產地瓜、高粱、小麥，因為新鮮營養，不是什麼大菜，長得還算健康。

諸多吃食，其中以蚵仔變化最多，蚵煮豆腐、豆豉，煮鹹一點配地瓜稀飯。高檔一點煮蚵仔麵線，頂極是蚵仔煎，最後是曬成蚵乾日後煮高麗菜蚵乾飯。

生鮮蚵仔、地瓜粉、芹菜、蒜苗、蛋……大約這幾樣就可煎一盤香噴噴，叫人垂涎的美食；

有一說金門女子只要小時候經常吃蚵仔，身材上圍都可觀，有一回詩人古月對我們幾位金門女生說據她觀察應該是真的。算是飲食外一章。

地瓜做法也多，鑪番薯籤、或薄片、或切塊，地瓜鑪細加塊加籤自己一族煮成一鍋，也是挺好吃的。二嫂為了製作地瓜粉手都凍裂了。

土豆，鄰居榨油廠以土豆為主、黑芝麻為輔，日日飄著超級香氣，誘惑著左右鄰居。我們終生迷戀著煮熟曬乾的土豆，藏在某個角落甕裡，等於藏了一甕幸福。離鄉背井的遊子，聚在一起剝幾顆家鄉花生，一顆接一顆，每一顆都是思念。之後的貢糖大量生產就是後話了。

金門美食如何介紹？海外女作家群對金門友善，喜歡探索金門美食，作家洪玉芬要我介紹，想了想，只能簡扼略舉：

高粱酒，近幾年世界白酒比賽都拿冠軍，打敗茅台等名酒，身為忠誠島民，永遠效忠，有喝酒場合必誇大只會喝高粱。

金門蚵仔煎像一部燴炙人口的長篇小說。百讀不厭。

紅粿如明媒正娶的媳婦。正式場合必有她。

蚵仔麵線像初戀。郎有情妹有意。

貢糖花生酥是情人熱戀中加溫甜點。

帶殼土豆就是執子之手與子偕老的恆久戀情。

成功鍋貼似新婚燕爾小夫妻。餡與皮緊密包在一起。

牛肉乾是外遇的小三。原味辣味盡是滋味。

一票文友看了莫不對金門充滿嚮往，想一償宿願——來趟美食之旅。

以上列舉美食小部分，無法一一羅列。

農業社會純樸的習俗，小村落左鄰右舍相互呼應，婚、喪、喜、慶串連莊頭莊尾的情誼，彰顯彼此的關懷，因此，通常的飲食才是遊子最深的懷念。

我深深覺得：所有鄉愁都從飲食開始。而人與人的連繫往往在飯桌鋪展，加上五十八度高粱的催化，酣暢啊。因此大餐、小聚餐盡是情誼，人生如美食，酸甜苦辣任你品嘗。

跨海

帶著鄉愁成長茁壯
島嶼，在遠方
守望每一個背井離鄉

起風了，霧會散

吹南風的季節，霧特別濃，家裡到處濕答答，牆角滲出水珠，好像被潑了水似的，衣服潮濕黏膩，穿在身上像是附著一層洗不掉的果汁，整天翹首盼望陽光。陽光再不來會發霉，母親叨叨唸著。

霧對於居家生活是有相當程度的不便，下海擎蚵也不便，可對上山的農作應該沒有影響，因為未曾聽父親抱怨，僅有一次，他牽著驢子，把我放在驢背上打算載我一起去農作，霧氣太重驢背上椅子濕滑，我沒坐穩，驢子走了幾步人就摔了下來，嚇一大跳，本來是新奇玩意，因為霧，從此不再吵著跟父親騎驢上山。

擎蚵的人都知道霧濛濛看不清方向，大海茫茫，海浪一襲上來異常凶險。我的兄長上山種田沒問題，下海擎蚵似乎不太擅長。我打電話請教二哥擎蚵諸事，他竟然不怎麼清楚，倒是二嫂厲害，對於蚵的種種非常嫻熟。她如果知道我們要回家，只要潮水許可，斗笠一戴，雨靴一穿，不到一個時辰工夫，變魔術一樣變出二簍筐海蚵回來。

兒時，霧再濃，都要上山，我跟著的時候大半不會做啥事，只能坐在田埂邊玩耍，無所事事到田邊玩耍也是另一種學習，偶爾也弄懂一、二樁耕作的事。

母親經常叨唸：霧湖霧嗒嗒（閩南語），伸手不見五指，這天氣哪時候放晴哪。沒有人能幫母親的忙，因為全部處在煙雨濛濛的潮濕天候裡。

陽光一露臉，她趕緊把衣服鞋子攤在天井，只求陽光親炙，順便把霉味去除。近午曬到太陽光薄弱了，母親把曬乾的衣物拿到鼻子嗅一嗅：嗯，有陽光香氣，笑微微摺疊好放到五斗櫃，擺放幾顆樟腦丸，一櫃子樟腦味道，防蟲防霉。

霧，應該快散去了，期待天晴陽光露臉是霧季過後的心情。每年端午節前後整個島都是濃霧罩著。

十七歲那年離鄉背井，開始漂泊生涯，臺北待一陣子，總想著回家，父母親年歲大了，也不期望這沒吃過苦的女兒能有什麼出息，倒是覺得我在身邊纏著挺好，所以往返臺金頻繁，有霧的天氣像情人一樣，偶爾要鬧脾氣。直到婚後，有自己的孩子，在公家機關上班，規律的生活，一切恬靜。不再時不時返鄉。與霧的距離稍微拉遠了。

此後，盡量避免霧季搭乘飛機，怕被困在機場。

記得未離鄉前，每回遇到露重霧濃，濛濛中一百公尺遠的菜園都看不清楚，父親會在屋旁的大埕觀看天象，他說起霧這種天氣下海撃蚵非常危險，看天候一時晴不了，他就種田去。田裡因霧氣重，讓田埂周邊撒的綠豆苗、紅豆苗葉子上的露珠滴滴晶亮，菅芒葉上的露珠垂墜像一串串珍珠，大地被滋潤著，一股一股鬆軟泥土上薄薄一層水氣，萬物生氣蓬勃。關於天氣這件事，父親相當權威，家裡何時播種何時收割都由他決定，那時不需要氣象局，問父親就可以了。

風會不會轉向，除非下一場大雨，或出個大太陽，或刮大風，否則天候放晴似乎難哪，吹南風霧不會散。

觀天象、堪輿父親略知，憶當年，一回清明節過後，我陪父親踏在鬆軟泥土上，腳底感覺踏實舒服並有著安全感，真的是屬於自己的土地，內心莫名感動。走到祖母墳前，他邊除草邊指著東西南北方，各解說一回，只見墳頭的苦楝，兀自綻放紫色花瓣，隨著春風附和，我對父親的崇拜更是不可言喻。常常向雙親撒嬌，自忖積極樂觀與智慧就是他給予我們最好的遺產，因為樂觀所以不覺得自己笨，過起日子快樂多了。

霧季來臨，通常我會到鋪著老式紅地磚的客廳，伸手在牆角摸一下，果真滲出一灘的水，南風真的濕氣重，趕緊用抹布沿牆角一點一點拭擦，何時可以起風呢？

每分每秒累積的人生，潮起潮落；低潮困頓像是被濃霧罩頂，愛情變短，感情受挫，經濟左支右絀……事業不順等等，一切的一切終會撥雲見日，人哪，總有不順當的時候，逆境時像罩上一層層的霧，沒風沒雨沒陽光，視線模糊看不清晰，沒有方向，矗立在霧裡看花，許多時候難免心境蒙上一層像霧一般的憂傷，等待是唯一的路，待太陽露臉、待下一場大雨、待吹北風，待時日夠久……等待，多麼消極。

尚義機場到松山機場這條路徑經常被濃霧搗亂，當一片濃霧瀰漫整個島，伸手不見五指，能見度低飛機無法降落，彼時真個霧朦朧鳥朦朧，浪漫一點以為困在機場會有情緣？只有焦慮才是旅客心思，但願及早霧散。萬般無奈躲在家裡觀天，不停追問，霧何時會散？父親看大埕邊枝椏，吹北風嘍，或是陽光從樹葉縫隙微微露出，隔一陣子遠方飛機轟隆聲音傳來。可以回臺北了，趕緊收拾行囊。有些時候飛一班，機場又關門了，關關開開，只能說人勝不了天。最怕父親一臉慎重告訴我，今天不會有飛機到金門。心想工作的單位會體諒情非得已吧，一向奉公守法的我內心忐忑不安。

只能煩請諸神施展法力，總之，起風了，霧會散。

守護海的眼睛

蚵仔是海的眼睛，父親是守護海的眼睛的人。

打從有記憶開始，父親就像一顆陀螺轉個不停，旋轉當中或許曾經頭暈，或許曾經想小憩一會，然，只要天地運轉，辛勤的父親必然不停的工作。

冬天，天寒地凍天光微微亮，全家人尚在熟睡，唯有父親知道海水即將退潮，趕著時間下海，曙光中透著冰冷，冷進骨頭裡，因為要趕潮水，漲潮時海水會淹沒蚵田無法擎蚵，父親必須起床，這天氣起床是一件任何人都覺得痛苦的事。若遇到上蒼流淚，他仍直著背戴著斗笠，披著簑衣；幾公斤重的簑衣，加上兩支大竹簍，似背著我們兄妹的重量在海裡泥濘中行走，左腳踩下，費些力氣再換右腳，踩數十年泥濘，待我懂得體恤，父親已然白髮蒼蒼，後來雖有長桶雨靴稍緩直接踩到海水的凍，依然冷到心坎裡。即使時序已到了立春，春寒料峭也是嚴寒無比，常年如此討生活，父親為何不抱怨？除了農曆新年休息三天，像鐘擺一樣沒一刻歇息。

夏天，父親從家裡出門沿著一條小山路，兩旁有悅耳的蟬鳴、有鳥語、有花香一路伴隨著，一般來說大自然無比美妙，父親沒有心情欣賞，只顧趕潮水下海擎蚵，不知下海擎蚵要流多少汗水。

溽暑擎蚵汗流浹背，只戴一頂斗笠站在海上讓太陽曝曬，把石板上的蚵用蚵刀剷下，裝到蚵籠再到有海水的地方清洗，父親說雖是退潮，有些濠溝是一直有水的，最後才把沉重蚵仔挑回家。如此新鮮美味的天食，好吃的我總望著碗裡的蚵仔垂涎，母親也捨不得讓我們肆無忌彈的吃，因為要讓嫂及姐挑到城裡賣，這是家裡主要經濟來源。

三姐說去城裡賣蚵仔感覺很丟臉，路上頭埋得低低的，怕人瞧見。可是不賣不行，她仍然硬著頭皮和大嫂一起去賣蚵仔。

只要是浯島人，大部分住在海邊，即使不是，也離海不遠。村旁小路邊堆滿如小山般的蚵殼，遠遠聞到帶著海水的腥味，夏天會招來嗡嗡的蒼蠅群，整個村落以蚵仔維生，我們必需學會彼此共生呢。

夏天也是鄉下農稼另一磨錬，高粱、花生等收成都在夏天。炎熱天氣，大地像一只沒有蓋子的火爐，母親嘴裡常會叨唸「六月天七月火」，而人們通常只有一把扇子，搧不走暑氣，說穿了要做粗活也用不著扇子，後來發現無所事事的閒人才用得到扇子。

當然為了環境衛生，家裡會放著蒼蠅紙，黏住惹人厭的蒼蠅群，企圖阻絕牠們的肆虐。當時政府規定每週檢查衛生，最乾淨人家門口貼張黃色小紙條寫著「最清潔」，普通清潔貼粉紅色寫「清潔」，不夠乾淨人家被貼白色「不清潔」。大嫂及三姐愛面子，拚命洗刷，每回都被村公所貼上黃色字條，姑嫂相視而笑。那時期政府有此舉動，如今想來好笑，卻也有趣溫馨，靠蚵生活的人家，維持衛生不容易，生計比較重要，也只能盡力才能贏得那小小黃色紙條。

擎蚵既是看潮水漲退，時而清晨時而傍晚，只有父親弄得清楚，我們兄弟姐妹不懂複雜的潮水。兄弟們上山種田的事是可以的，大哥提早離席。二哥退休後墾了一方屬於自己的桃花源，幾乎過著田園無歲月的日子。三哥從郵局退休，享受退休生活，四弟仍紅紅火火，有屬於他自己的春夏秋冬，像黃葛樹一樣。四兄弟沒有學會擎蚵，而我經常想回娘家與二哥一起種菜，二哥會偷笑，他知道我好逸惡勞，總是揶揄我：「算了，妳不是料。」我只會努力懷想父母親的種種，他們四十幾歲才生下我，因此較得寵，對家裡沒有什麼貢獻，唯一可做的事，便是鉅細靡遺記載些小事，供手足嬉笑怒罵的材料。

我知道，米蘭・昆德拉說，一個作家終其一生，其實都在寫同一本書。

我這本小書寫的是島鄉、雙親、手足，盡是懷舊，每篇繞著島鄉團團轉，穿越時光回到從前，我也在寫同一本書，這是一本寫不完的書。

我們把時間過慢了

1

石獅叔公回家來過年。已然晚了四十年。

在島嶼寒風吹襲的冬夜，家裡簡樸四合院的客廳裡，溢滿親情與回憶，我們兄妹正襟危坐在長板凳上，望著叔公的臉被歲月深鑿的紋路似一張網，雖則後半生日子安穩，卻有許多往事辛酸梗在心頭，可能天上父親仍然關照著，所以他循著原路回到老家。然而年紀比父親小的叔公眼眶仍含淚（族人輩分關係，叔公輩分高年齡小），聲音哽咽感嘆這一生的坎坷過往。

望著叔公布滿皺紋的臉，風霜染白了青絲，不勝唏噓，在座每個人都感染當年的氛圍，既辛苦又悲涼。

故事溯及日本統治時期，三房叔公不知為何與日本警察結下梁子，躲躲藏藏找不到棲身之處，在島嶼野人般四處竄逃，一日天候濃霧，伸手不見五指，海潮正退，父親踩著泥濘在海上蚵田擎蚵，邊洗蚵邊與旁人搭訕。

父親是大嗓門素來眾人皆知，整個海面白茫茫，叔公聽出是父親聲音，尋聲而來，悄聲告知在躲日本兵。父親二話不說，躡手躡腳掩護他至家附近一口枯井，用繩索把堂叔放至井底。此後，祖母與母親以為家裡鬧鬼，灶裡燃燒枯樹枝過後餘光仍在，明明灶頭擺一碗食物，忽地不見，常常一塊糕一壺茶莫名其妙失蹤，祖母就是想不通，父親嘴緊，在家人視線外偷偷用籃子把食物、衣物放落井底給叔公食用。

一段時日後父親連繫可靠宗親，齊力把叔公從井底拉了上來，易容後混進人群，趁船隻要開往南洋，趕緊護送他上船。兄弟登山各自努力，祝福叔公此去一帆風順，彼此不必有太多言語。

叔公長我不止一甲子，今日能返鄉，除了緬懷他一生像大俠遊走江湖的經歷，跌宕起伏的足跡踏履南洋馬來西亞、汶萊等地，而後回到福建石獅華人世界，娶妻生子，事業有成。

叔公含著淚光的眼朝向遠方娓娓細訴，在井底那段時日，確實只能井底觀天，幸好井不是我們看的那小圓圈的井，井底直徑半徑夠寬，可以躺臥。出了井即刻隨船前往南洋，內心忐忑，見不到遠方的光，只求先活著吧。

初時在馬來西亞苦不堪言，三餐不繼居無定所，做了一陣子苦力，料必出不了頭，他選擇回華人世界，意外落腳石獅，叔公在石獅開始做建地工人，因為勤奮，晨曦或星稀月明，總比同儕早上工，晚下崗，得長官賞識協助，工作順利，因緣際會從事房地產業，沒人看好條件下先買一戶，存了錢再買一戶，如此累積了整排房子，無論漲跌，秉持有土斯有財，踏實做人，因而成為殷實建商。

除夕日前我陪叔公踏遍島嶼每寸土地，也絮絮叨叨家裡種種瑣碎。

2

父親是上山種田下海撃蚵的老實農人。仲夏夜他喜歡陪兒女在屋頂平臺，仰望滿天閃爍的星空，吹著洞簫，指著星空告訴兒女這是牛郎織女星，這是天王星，這是北斗七星，或者講講三國故事，有時還唱很古老歌謠，每每夜深露重，我們聽著聽著緩緩睡去。

父親也喜好堪輿、認識草藥。務農，卻愛好文謅謅的玩意，想必父親的母親我的阿嬷不會懂，堅持留父親在身旁顧祖先，不准他下南洋。然，為了照顧一大家子乃至嫁不如意回娘家長住的兩位妹妹，扛起一大家子生計，沒有怨尤。

有了救叔公的經歷，人生增添了些許不是愛情的浪漫。

許是山海遼闊，下海隨潮汐，種田依二十四節氣，隨著時光的流轉，清風白雲隨侍，一輩子與大自然為伍，心胸寬闊，只讀幾年私塾的父親，不會教條，也不講大道理，總是一步一腳印，吃點虧無關係，計較只會為人生留下蹣跚。

小叔父不管事，嬸母為人不肯吃虧，一塊毗鄰的田地，嬸母的愈來愈寬，父親的愈來愈窄，父親說不會因為一尺地變富有，便也隨之。家裡每逢進補必定喊小叔父一起食用，且處處維護弟弟，完全不理會嬸母無理。

他常說，種瓜得瓜，種豆得豆。強摘的果實不甜。凡事自有因果。這是他常脫口而出的所謂大道理，和父親為人一樣的簡樸。

3

從有記憶起，父親不曾斥責孩子，對孩子們也不曾有一個親吻，唯老派父愛也有樸素的幽默，日子裡都會樂觀度過。

父親一米八的身高，頎長的背影，鄰居許多叔伯下南洋，留著寂寞的嬌妻獨身在村莊行走，有位孀子經常晚餐後趁父親在門口乘涼會來勾勾纏纏，父親告訴她：「妳趕緊回家，我不會和妳怎樣。」孀子眼神含怨離去且行且回頭。父親一輩子專情，不為其他女子所動，他說何苦為家庭製造困擾。

4

父後，回首一路行來，二哥說父親也曾被一口井所救，自己也是一口源源不竭的活井，潤澤許多需要他的人。念想一樁樁他教會我的事，就是那座八風吹不動的山，環繞綠水春風，徐徐吹著，陰晴寒暑靜靜領略，感恩父母在艱困環境下送我去上學，即使書讀得零零落落，不必像鄰居女孩頂著大太陽上山捻土豆，迎著寒風下海擎蚵剝蚵賣蚵。命運不是註定，可以因一個想法改變，否則永遠在那片乾旱土地循環農作。

日本人統治時代，父親與堂伯進財被徵去鋪機場，日本兵嫌父親和堂伯動作緩慢，用槍托打他倆屁股，血氣方剛的堂兄弟合力把日本兵打一頓，之後兩人也躲在祖父墓旁的枯井。日本兵撤退後進財伯赴南洋，把他家土地託父親管理，他們三房的人想不透何以要託大房的父親，族裡親疏因同房或不同房而定。然而共患難兄弟，誰知曉生死與共的椎心。

叔公這次回來，除了緬懷父親，大年初一我們兄妹與堂叔繞到當年他蹲的那口井，上面用鐵架罩著，探頭往井裡看。數十年來，水源依然沒來，井壁長滿蕨類，井的兩旁還架設早年掛轆轤的柱子，斑駁頹廢，年代久了失修，風霜摧殘，是一幅褪色的畫。

鄰居長輩說曾經修過，不然早垮了。井的周圍也雜草叢生，叔公終於忍不住老淚縱橫，倒是苦楝樹屹立不搖，春末，紫色小花飄著淡淡的香氣。

當時不知井的直徑才多大呀，父親幫忙叔公藏躲進去，還要留意周遭，不定時暗中輸送三餐。我伸展的雙手比井長度還寬，但我探尋不了井深，那是父親與叔公的故事，而我作為一個女兒，看到父親架的繩索仍在，讓生命在一個枯井中流動。

叔公想到當年無數次哽咽雙手顫抖，嘴裡唸著父親小名。

不斷囑咐我們兄妹要找時間到石獅看他，他在石獅過著無憂的晚年，父親若有知，仍會大嗓門安慰且溫暖喊著：「你回來啦。」

過年後送叔公到水頭碼頭搭船回廈門，一路上我反覆碎念，講了手足之間點點滴滴，叔公聆聽著頻頻點頭，內心無比懷念父親，且記掛那口井，父親不在了井依然在，歲月洗滌塵埃洗不掉歷史，叔公回來明顯晚了，是我們把時間過慢了。

後廂房裡的祕密

彼時冬天村子裡北風呼呼吹著，夏日炎熱無比，日常跟著節氣運行，向晚炊煙裊裊，幾聲狗吠劃破寧謐村莊，入夜星空更是美麗，因為一九四九的分水嶺改變村莊的生態。隔壁雕樑畫棟的三落宅第，家道中落，隱約透著上一代的繁華與富裕，到了我就學時期，此棟豪宅已破損不堪，從我家二樓觀望那三落屋頂全貌，雕琢的玉石璀燦，今日像女人臉上厚妝流了汗剩下的斑駁，沒有雍容只有殘破。裡面終年不見人影，從門縫窺探只見一匹馬拴在裡頭唏唏嗦嗦，咬嚼草根的聲音，看不清楚還有什麼，總覺得陰森鬼魅，日日必須經過的小巷，入夜著實令人膽怯，不知不覺腳步加快。繁華落魄從隔鄰三落衰敗的建築可以印證。房舍破落人煙稀微，後落櫸頭房舍，昔時何以會駐進上百個軍人？有團長、連長、副官、政戰官、阿兵哥，讓三落舊宅顯得擁擠。

村子周邊更是到處可見碉堡。軍人已然比百姓多，紛紛擾擾的事也多了。大部分隨時日消失，唯有詭異故事冤魂永遠盤旋在空氣裡飄蕩。

村裡村外摻了這許多穿草綠服的陌生臉孔，因為不曾見過，感覺通通是壞人，小孩子看著生人無形憚懼，臉孔驚嚇。

當隔壁住著阿兵哥這件事成為常態，不清楚為何阿兵哥要住在隔壁，是因為軍人過剩？抑或碉堡太少？或許真的軍民一家？滿村子處處充斥著，只要看到穿草綠軍服的阿兵哥，我們認定他們是妖怪，嚇得趕緊跑回家，慌慌張張把他們看成匪類，我們不會說國語，他們不會說閩南語。父親熱情，常用自己發明的閩南語摻雜國語和阿兵哥交談，八成是比手畫腳揣摩彼此的意思，約略可以溝通。

大人安慰孩子們他們是保護老百姓的「阿兵哥」，別怕。傍晚時分常常看到阿兵哥蒸一籠一籠白胖饅頭，小朋友們瞪大眼睛烏溜溜的轉，口水要流出來般的凝視蒸籠裡的好物，真誘人。阿兵哥倒也不吝嗇，看孩子們欣羨的眼神，會賜給一個或半個白胖饅頭。時日久了因為阿兵哥友善，不再那麼害怕。

村民分不清楚軍人官階，父親統稱人家「班長」，隱約知道有人訓話，有人要立正敬禮，之後知道從肩膀上的符號決定對方階級。或有梅花或有槓槓，倒是沒見過星星，聽說星星最大。日子久了大夥也過得相安無事，村裡族人們也習以為常，不曾聽說有啥意見。彼時有意見也應當沒有意見。

隔壁鄰居也住著我的玩伴，因為家裡有兩位漂亮姐姐，許多阿兵哥進進出出，幼小時的我感受到玩伴家擁有許多新奇的玩意，我也喜歡往她家跑，尤其她和我們同學一起打的羽毛球。「羽毛球」真是稀奇，只有她們家有，大夥露出欣羨眼神。稍微知曉人事才知道家有未婚漂亮姐姐真好，她家裡經年穿梭著各種階級阿兵哥，當然禮物零嘴忒多。我怨自己姐姐，我們家何以沒有？是姐姐不漂亮？後來得知父親和大哥不允許姐姐和阿兵哥說話，怕姐姐被拐跑，及長，沒有禮物應該怨父親與大哥才對啊，不覺莞爾。

故事或是美麗或是醜陋，都有人在傳說。

最為炙手可熱軍民口耳相傳當屬張立功的被消失。話說有個位高權重的團長，一位高壯威武的北方軍人，在村裡住一段時間，相中了廟口後方的阿秀，阿秀圓圓的臉，巧克力肌膚，身材適中，長相甜美，團長經常趁黃昏散步製造見面機會，次數多了，阿秀對團長有了印象，漸次形成的偶遇成了刻意。月明星稀也會見他們卿卿我我，感情逐漸成形，有佳人在此躊躇滿志。花無百日好，團長接到上級換防指令，頓時無法接受將與阿秀別離，況且阿秀剛懷了身孕，著實困擾，又是不能說的祕密，愁容滿面。阿秀不知所以，團長告以即將移防真相：「沒事，我會想辦法解決。」

換防即是到海峽彼端，飄洋過海，情絲是否該斷？阿秀與團長想的是：最好別斷。

團長不得不找身旁的副官及政戰官商量，幾經沙盤推演，決議密謀一樁不屬國軍工事的大事。

團長駐紮的三落宅第的後廂房，平常堆積軍事用品，甚至槍枝砲彈堆滿房裡，人煙罕至，除了自己兄弟，算是隱密。

團長、副官、政戰官三人小組驚悚謀劃，非常縝密反覆沙盤推演，在移防前開始對下兵張立功噓寒問暖，愛護該兵如子，尤其移防前夕特別和藹，年紀極輕不滿二十歲的張立功只是一介小兵，被團長關懷不疑有詐，以為要出頭了，其他官兵羨慕不已。

一日，營部備了幾瓶老酒，團長一直勸張立功多喝一點，反正黎明前要離開這屋到海峽彼岸，環境比這窮鄉僻壤好多了。不停勸酒，平常不喝酒的張立功喝多了，醉醺醺站不穩，腳步蹣跚，副官連忙扶著他，也異常親切。

陰謀三人小組把張兵誘入三落後廂房，政戰官帶著厚重軍毯，內裡包著手槍，面無表情。團長一派悠閒，副官把風，進屋順手把木門閂上，副官押著張兵臉部朝牆，輔導長把手伸進毯子裡，對準張立功背後，砰一聲，正中心臟，三人合力在屋裡地底挖個洞，神不知鬼不覺讓張立功莫名消失。隔日一干惡形惡狀的人移防了。

從此，這三落大宅因團長凶殘事件充滿陰森鬼魅，團長既已離開此村，全村村民及軍人無所畏懼，言之鑿鑿流傳張立功冤魂不散。經常傳出夜深時分看到張立功坐在門口嘆氣。團長與村裡的阿秀談戀愛時，運用個人權力，米、油、口糧、麵粉，經常在月黑風高的夜晚讓傳令抬到阿秀家，部屬看在眼裡，戒嚴時代誰敢亂說？說了可能被槍斃。阿秀家享受蔭澤，若女兒能嫁給團長，順便改變生活，兩情相悅，不必理會他人的意見。

這是沒有真相沒有天理且沒有是非的年代。何以言之鑿鑿？世間沒有祕密，完全是團部裡的軍人陸續傳出。

那晚，廂房的馬匹仍然不時踢踢前腳、踢踢後腳，神鬼不知張立功被消失。團長等三人悠閒踱步走出這落敗的三落大厝。裡面玩什麼遊戲無人知曉，然而氣氛鬼祟，次日同儕再沒人再見過張立功，反正忙著集合到料羅灣，濤濤海浪，即使唱著悲歌，淒淒慘慘張立功怕也冤魂一條，阿秀換上他的軍服以張立功之名，跟隨團長大大方方上了登陸艇。

醜陋團長為了一己之私，和屬下在拴著馬匹的三落後廂房裡進行瞞天過海的殘酷計劃，一位年少無辜阿兵哥從人間消失，阿秀換上被消失者衣物隨著海浪洶湧，穿越臺灣海峽。

上一代訴說團長犧牲小兵性命娶到嬌妻的事情甚囂塵上，人性的自私袒露無遺，聽聞者不寒而慄。直問上蒼天理何在？毛骨悚然的冤魂日夜盤旋在三落後廂房，讓我走過小巷總是心跳加速，不敢問玩伴住的房舍可有異常？她平日住在前落每日俐索生活，沒看出啥端倪，從小被教導「有耳無嘴」，疑問藏在陰暗處，無憂無慮的童年，卻被這些陰影籠罩著恐懼與悲傷，對自私的人性不恥，小小心靈也知那小阿兵哥的悲歌。

村子東邊姐姐家裡開洗衣店，專門洗阿兵哥衣服，因此和某位軍人私下交往，村子西邊姐姐家開雜貨店，北邊的開撞球店的姐姐……陸陸續續偷偷和阿兵哥談起戀愛，像傳染病一樣，興起一股風潮。有的因為家裡反對而私奔，有純純的愛，也有為了愛的結晶、也有徵得父母同意、有為愛情絕食，種種理由。不管條件好的不好的，女孩嫁給阿兵哥是時尚，各自寫著屬於自己的人生故事，保守的村莊被擠進來的阿兵哥攪亂一池春水。

常年守在村裡的姐姐們，生活單純無聊，好像關在籠子裡的鳥，對阿兵哥描述的事物，除了新奇，極盡崇拜，對外面世界有所憧憬，接力賽似的與軍人交往，離開貧困才是戀愛的動力。想像外面世界如萬花筒般燦爛。

多年以後，以我玩伴兩位漂亮姐姐嫁得最順當，失怙的姐妹花嫁給同袍的好哥們，聽說官階不小，加起來好幾朵梅花，也把我知心玩伴給帶到臺灣，形同姐妹的我倆被時空給疏離。村子中間紅大埕空留著我們幼時的玩耍足跡。

之後，不再聽到張立功之類悲淒的故事。

迄今破落屋舍仍在，雜草從傾斜的紅磚牆探出頭，幽幽蕩蕩的空間充斥著無聲的嘆息。

回想昔時島鄉軍人高達十七萬人，整個島處處都是軍人，見到載軍官的吉普車，小學生的我們還得向他們行禮。人多帶來商人的好生意，對於我們農家不好不壞，今日剩三千軍人，沒有太多感懷，祈願世上戰爭遠離，過上寧靜美好的日子，隔壁不再住著阿兵哥，張立功的悲劇讓他成為永遠唯一的傳說。

張立功的弟弟張立行在兩岸三通後尋來，可其兄在哪？村民、里長都出動幫忙尋找張立功被殺害的線索，唯日子久遠，徒勞無功，到處尋尋覓覓，若信那傳說，整棟三落可要翻個透，張立行感謝村人協助，帶著失望與哀戚，一臉悵然離去。

而我，及長，到了臺北某軍事單位上班，遇到彼時在浯島待過的軍、士官。深感他鄉遇故知，很受他們照顧，甚至有人住過我村，於是在軍事單位工作的我因生養我的島鄉，得到幸運職涯的開始。曾經好奇談及有關張立功故事，這些軍人同事顯然比團長晚了偌長時日，均表示曾聽到傳聞，咸認不無可能，因為當年團長權力極大，天高皇帝遠，彼時此時，是傳說也不是傳說。

相傳團長夫婦落腳中部某眷村，時光似流水，得到與失去，想阿秀內心難以靜好。午夜夢迴憶起島鄉那一夜隔著軍毯的槍響，能不驚醒嗎？

島嶼，沒有遠方

從小生長在島嶼的鄉下，沒見過世面，十七歲以前沒見過火車沒見過紅綠燈……日日行走於鋪滿木麻黃針葉的鄉間小路。活動範圍僅限於門口的紅土大埕，與鄰居同伴踢毽子、跳格子玩橡皮筋，或跟父親騎在驢背上到田裡，在田埂邊看忙碌的父親施肥拔草，偶爾也跟到養蚵的海岸邊發呆，傍晚村子裡炊煙裊裊，晚間幾聲狗吠劃破夜空，這是我童年的世界，真正世界有多大？以為慈湖路盡頭的城裡便是。

每日，天光乍現，父親早早起床要上山耕作，母親也是在灶腳忙碌，張羅早餐、茶水及準備飼料要餵養幾頭豬隻，菜園裡雞鴨咕咕叫，兩頭羊也咩不停，牠們都餓了，等待主人帶飼料前來。

種土豆真像歡樂節慶，光是父親領著幾個兒女在田裡一股一股的把土豆踩進土裡，那當下父親是快樂幸福的。土豆成熟在炙熱的夏日，拔土豆不如種土豆好玩，烈日下汗如雨珠，且塵土飛揚，拔回家要再把土豆一把一把摘下，非常辛苦，三姐總是邊做事邊罵我只會吃不會做，礙手礙腳。灶腳大鼎裡土豆加了鹽及八角冒著煙霧，待熟的時刻，誘人口水快流出來，我捨不得出門，同伴約去大埕踢毽子都不去，守著大鼎土豆。

如今回味童年趣事，似乎聞到甜蜜的空氣，氛圍充滿單純的幸福。

成長在島上，息息相關的是高粱，高粱酒形塑金門今日的樣貌，得感謝胡璉將軍。

父兄種植高粱辛苦，每個炎炎夏天，高粱與花生都在暑假輪流收成，烈日下一波一波採收，父親的汗衫沒有一天是乾的，總是被汗水浸得的泛黃，可以不用種嗎?怎麼可能，那可是關係一年的糧食。

胡將軍為獎勵種高粱可以釀酒，因此以一斤高粱換一斤米，島嶼不產米，主食是地瓜，有米摻和地瓜提升了食的品質。高粱釀酒過程留下酒糟可以餵豬、施肥……確實因種高粱生活改善了許多，父親不以為苦，總是樂天知命。閒暇在絲絲微風吹拂，或根本無風的燠熱巷弄裡，我蹲在門檻看他編織竹籮筐，織捕魚的網，舉凡家用板凳、掃帚等工具用品都自己動手。

光靠幾千栽（計算田地大小單位）薄田要餵養八個兒女不是容易的事，因此海潮漲退之間趁隙擎海蚵，捉沿海小魚小蝦小蟹，豐收了，母親會醃漬成鹹鹹佐餐食品，因為鹹可以擺很久，她常說不能寅吃卯糧，不可以浪費，貧困是成長的養分，讓我們學會吃苦耐勞，朝向有光的地方前行。

整座金門島除了高粱、地瓜、土豆，當屬蚵仔。因為四周大海環繞，養蚵是日常，所以有蚵仔麵線、蚵仔煎、蚵乾、高麗菜飯……蚵仔經濟價值比較高，可海裡討生活卻非常凶險，父親擎蚵我跟著撿蚵兩次，弄得滿頭滿臉污泥，籃子空空的，啥也沒撈到。看鄰居女孩滿籃蚵仔，動作俐落，我走在泥濘裡前腳後腳，左腳右腳每踏一步都一個世紀，父母親知道這孩子在海裡、山上真無法生存，看到鄰居滿載而歸，小小年紀的我也沮喪了。

七歲那年母親領我到祖厝臨時校舍註冊，讓我開始讀冊，鄰居女孩都上山下海，沒準備要上學，我也摸不清讀冊要幹嘛，糊里糊塗讀了六年，好像也沒學到什麼。

後來的後來回顧，那歲月真是靜美。

讀冊，可真一路坎坷，除了沒有正規的校園，音樂課、美術課等在我們鄉下等於虛設。島嶼比臺灣早二年實施九年國民義務教育，屬於我的國中必須從島西到島東，晨間走四十分鐘土路，到城裡轉搭公車經環島北路到寄讀的國中，一天往返二、三小時，冬日黃昏返家已然華燈初上，我哭鬧無數回不肯上學，父親往往曉以大義，再塞個五元：明天放學先買個麻花炸吃。吃食總是騙走貪食人的意志。

混亂中把國一唸完，再遷回近一點本鄉祖厝克難教室，這一年有些開心，首先大哥在此地農會上班，我和弟中餐到大哥農會搭伙，吃的可是米飯且三菜一湯，好吃的我這一餐誘因很大。其次遇到一鄉音極重的國文老師姚雁君，文言文一定要背，隔天默寫，第一繳卷一○五分，第二繳卷一○三分，第四繳卷一○一分，如此有趣的記分方式，同學們配合得樂此不疲。成年後回望，覺得班上同學國文都有一定程度，姚老師功不可沒。

姚老師當時單身（大陸老家有孩子）。每日放學後會看他手捧《紅樓夢》，桌旁一瓶老酒、花生，身旁躺著一隻大黃狗，夕陽西斜，微弱陽光照在他身上，覺得有些孤寂與悲涼。小我一屆的弟弟回家告訴母親，母親裝了半布袋煮熟曬好的花生讓弟弟送去給姚老師配酒，唸國二的弟弟非常害羞把花生往姚老師桌上一丟，掉頭就跑，姚老師始終不知花生是誰送的。然而那本《紅樓夢》激起我的好奇心，到底寫什麼？畢業後想盡辦法弄一本讀讀看，囫圇吞棗，開啟爾後愛亂讀雜書的習慣。

國三這一年有了真正母校金寧國中，我們是第一屆，這是最快樂無憂一年，教室後方有一道土坡堤，種滿木麻黃，我們躺在樹下囈語吹風做夢，每人夢境不同，天空太高了，測不到盡頭，大半繼續升學，女同學選擇不升學的居多，唯有一人畢業即結婚，她應該失去夢境，捕捉到屬於她的藍天。

崎嶇三年讀了一點古文古詩詞，假日清晨再跟父親到田裡，田埂邊紅豆綠豆長滿新枝綠葉，露珠兒晶瑩美麗，嘴裡哼唱「花非花，霧非霧，夜半來，天明去，來如春夢幾多時，去似朝雲無覓處」。再長大一點知道白居易是唐代文學家、詩人。寫了琵琶行、長恨歌，也寫下無題的花非花傳唱一千多年淺白的詩，文學力量可以滲透千年歲月。

終於懂得打心裡感謝母親的先知，她的想法簡單，這女兒粗細都不會，無所事事，去上學好了。這一點念頭讓我終身受用。每當清晨騎著單車迎風而行，到了湖南高地上坡，踩啊踩氣喘吁吁，下坡時放空檔而下，像一隻快樂的小鳥。

如此顛簸的求學道路，一班五十人出采者眾，有縣長、副縣長、立委、校長、教師、詩人、作家、畫家、主計處長等等。同學貧窮味道都很接近，困頓中結伴而行。

上了高中，因大哥出社會有一段時日，家境些微好轉，讀幾年私塾的父親閒暇會和我一起讀閒書。當我找不到古龍的武俠，心想在父親那。高二那年試著投稿，功課極好的弟弟先行到臺北就讀建中、臺大，用他工讀的錢幫我買《中國現代文學史大系》、《鏡花緣》、《京華煙雲》等書。回首來時路，幸運的我在家人愛的懷抱長大，快樂成長在沒有遠方的島嶼，絲絲縷縷深藏心底。

島嶼的孩子們共同宿命，高中畢業無處發展，不約而同到料羅灣，一起搭乘登陸艇越過兩百一十公里深不見底的臺灣海峽，乘風破浪抵達高雄十三號碼頭，靦腆的望著十字路口忽紅忽綠的燈，秒數急促像我心臟的律動，帶著劉姥姥進大觀園般心情，到高雄火車站，小心翼翼乘柴油慢火車北上，留下一縷淡淡的煙。

到了臺北車站，各自朝四面八方不可知的未來奔跑，島嶼，沒有遠方的青春歲月走了，留下漫長的未知。

也留下「回金門」、「回臺北」如此反覆的一生。

海邊的風

所有回憶不管是悲是喜，如意或不如意，經過時光洗禮，總會令人有一股淡淡的哀愁。時光長河是一江春水，父母親老了走了，手足成家立業，不再同一屋簷下嬉戲，隔壁童年玩伴失聯，種種原因都是深入靈魂的記憶。

風沒有老，微風陣風強風暴風仍日日夜夜輪番吹著，春天拂面吹過，夏日經常烈日當空，風往往停在樹梢不動，待到了向晚時分或有些微的騷動，或多或少搧出一些風兒，秋日的風帶著秋意掃著落葉，冬日北風颯颯，所有的風均從空隙強烈吹過。迄今，唯有大自然的奧妙亙古不變。

家裡土灶有個煙囪，燒著柴火的時候，隨著風向炊煙嬝嬝，是家的座標，不管玩耍到哪，抬頭看著一縷青煙，心裡會有一陣陣暖意，阿母必定在燒著柴火煮飯。

阿爸是忠厚老實的莊稼人，阿嬤不讓他下南洋，他就老老實實守著這家園、妻小連帶弟妹一併照顧。和村落裡男女老少一樣看顧著幾分薄田以及淺海沿岸漁獲為生。他的人生像老鼠爬竹竿，一節一節往上爬，這是阿嬤找算命先生所論出阿爸的命，字面上看也不算壞，節節上升的嘛。

尋常百姓，過著尋常生活。阿公早逝，阿嬤是家裡的權威。阿爸隨著時序看顧全家三餐，很少有機會閒適恬淡的看雲看海，通常是觀看天象或雨或晴，對農作物是否有助益為主要。也沒看到父親有何種娛樂，只有夏日晚飯過後帶著孩子們在櫸頭屋頂吹吹洞簫，講講北斗星在那之類，專注幾千栽紅土的旱田，隨著二十四節氣播種收割等等。

整個村莊男女老幼都這樣過生活，無從比較。日子像一杯井裡取出的清水，清淨解渴，卻沒什麼味道，偶有插曲，肯定戲劇張力十足。

先說阿嬤，她有些不修邊幅，終年綁一條頭巾，說是頭風之故，頭巾正中間縫一個福字玉佩。腰間常年圍一件圍兜，圍兜上面有二只口袋，阿嬤把手插在口袋，站在廊前，指揮一家大小。阿嬤鼻頭飽滿，看起來不是很威嚴，但全家對她老人家極盡孝敬與敬畏，寒冷冬天只見她鼻水直流，她可以拇指與食指捏著鼻頭，把鼻涕一擰往旁邊一甩，看著日久我也學會這絕招，因為兄弟姐妹大半都遺傳了阿嬤過敏的鼻子。可全家食衣住行全在她的掌控之中，即便沒啥收入與錢財，她卻也能從有限物資取得一家溫飽。

某個午後，寒風冷颼颼，村裡一片靜謐，除了狗吠及桌子底下黃白相間大黃貓微弱咪咪聲，沒有新鮮事。阿嬤手插口袋，食指指著前方人家：「哪家孩子偷了我家雞囝仔？中午午睡前我還餵了牠們，現在少了一隻。」「誰哪偷了這隻雞會有報應。」阿嬤表情極生氣，聲音因生氣而顫抖。

鄰近小孩過來圍觀，看著阿嬤氣呼呼漲紅著臉，顯然阿嬤意有所指，應該是影射前鄰文顯嬸家，高亢嗓音震懾左鄰右舍，好比武林高手裡的姥姥掌門人，前廊一站，龍頭杖往地上一頓，威風凜凜，前後左右叔公嬸婆無一出聲，無非想著我家並沒有多一隻雞，互相凝視不敢出聲，左鄰阿土叔說：「阿嬸妳是否查看糞坑裡是否有雞毛，前二時辰我彷彿看到妳小兒子和妳的孫子他們追著雞群跑。」

天下可真沒有祕密，阿嬤把心頭肉小兒子擰著耳朵追問：「說，怎麼回事？」小叔父：「下午太陽那麼大，無處可去，聽到雞隻咕咕吵死了，我跟志忠說不如抓來烤著吃。」「阿娘，以後不敢了。」

我的小叔父與大哥大姐面面相覷，因為雞已被他們三人給殺了，並在後山像烤地瓜般烤著吃掉。

阿嬤硬生生把一肚子氣給壓下，屘子及長孫都是心頭肉，口頭罵罵也就不了了之。

有點懂事以來，阿公就不在了，阿爸讀了幾年私塾，所有人倫道理特別遵守，唯嗓門特大，每次從海上魚撈返家，一上岸和人打招呼、聊天，三百公尺外的兒女都知道他要收工回家了。

也因為嗓門大救了頂西廳大房進財叔的命。

把進財叔落到厝旁枯井裡，適時幫進財叔補給食物，阿母及阿嬤每天找不到吃食，一碗麥糊明明記得放灶上，總是找不著，疑神疑鬼以為家裡到底有何不乾淨鬼魂。當然父親裝聾作啞不回應。

家以外地方三三兩兩日本兵荷槍實彈搜索，風聲鶴唳。

過了一個多月才稍安靜，日本兵死心不再找，阿爸才把進財弄出井底，稍微易容趕緊找人幫忙下南洋。

總之，歷經這場驚濤駭浪的救人戲碼，真正只有天知地知阿爸與進財叔知。

攸關性命，多年以後說與孩子們聽也就一則故事而已。

左鄰右舍女孩子都不上學，沒有同伴的日子讓我非常憂愁，幸好物資不豐也沒讓我自卑，看著哥哥們玩自己用芭樂樹枝做的陀螺，爬到樹上抓「大咧」（蟬），我則端了同學借我的漫畫，坐在苦楝樹下，陣陣風兒掠過。任憑它吹亂頭髮。

阿爸說浯島人的命像地瓜，韌性夠，什麼環境都能活，且可以在最困苦時把人給養活。對待地瓜要用虔誠的心，對待這塊土地更要尊敬。

有限的常識，也只能就平常最接近的事物做回憶的描繪；有些畫面跟著血液自然流動，最喜清明時節，倒也不是慎終追遠之類老祖宗留下來的祖訓，對小女孩有多大影響？勿寧說是蚵仔肥了，有七餅可以吃了。用七餅皮包著的好滋味讓每年這一季節變得如此美好。

脫下厚重的棉襖，跟著父親上山種花生，最有趣是我的小腳丫疊著阿爸的腳印往前行，他偶爾回頭溫柔的看著我，這一刻是我們父女共同的念想，心意相通。玩累了在田邊休息，享受春風輕拂。

整個童年，大人男性閒暇做工具用品：編竹籃子、籮筐及簡單木凳。每戶人家的男人都有這些本事，說是多才多藝也不為過，左鄰右舍的伯父叔父們做這些事都很熟練，也會補破網，而我通常蹲在旁邊看。

想改變環境，勇敢的姑媽與大姐決定偕伴赴臺，因姑丈下南洋非常久，已然不回浯島，傳回的信息已經娶他鄉女子，也生兒育女，應該沒有返鄉接姑媽前往的意思，姑媽心灰意冷。大姐夫被炮彈打死，姐姐沒有依靠，兩個女人，決定遠離故鄉，離開這傷心地，尋求屬於她倆的新生活。

我無法理解大人的內心，只是阿母整天在房內啜泣，好長一段時間家裡氛圍悶透了，我仍喜隨阿爸到海邊，阿爸挑粗桶在田裡施肥，我則吹著海風，想許多心事，很煩惱為何每日要走那麼遠的路上學？

日子因著兄姐成人，經濟稍微好轉，蓋了一棟堅固的二層樓房。每日無所事事，捧本小說在二樓陽臺吹風，偶然機會讀了瓊瑤小說，鄰居賣麵線的女兒因家裡經濟好，每本小說都買，我奉她如神，必須向她借。之後讀了《紅樓夢》、《鏡花緣》、《未央歌》、《飄》、《張愛玲全集》，至此竟然無緣由地寂寞起來。

少女情懷憂憂愁愁，想鄰居七姐妹的討山討海生活風風火火日子紮紮實實，偶爾自覺無用，有些慚愧。

離鄉那晚，對臺北的憧憬高過離愁，興奮雀躍地忘了細看爸媽的表情，阿母至少會一段時間食不下嚥，然而只是興奮，輕狂的一群少女期待到寶島，認為會有俯拾皆是的機會，急著當離巢的鳥兒。到了料羅灣，一輪明月照在沙灘上，軍人、百姓、學生排排坐，數都數不清的人頭等著上開口笑的登陸艇，擠上登陸艇的那一剎那，幾位女同學抱在一起痛哭，心裡明白此行江湖險惡，無憂無慮日子從此將告別。前途像開口笑下的大海，一片汪洋，無邊無際，不到二十歲的女生該有什麼想法？船艙底下除了悶熱，加上一股說不出難聞氣油味汗味伙食味，各種氣味雜陳，加上登陸艇顛顛簸簸，許多人都吐了，女生們躺在那動也不敢動的到了十三號碼頭，雙腳踏在臺灣土地，仰望蒼穹，豈是哭字了得？

初時，對繁華的臺北感到新鮮，內心好奇勝過恐懼，急著看新奇的事物，搭火車、逛百貨公司、逛夜市，忘了生活的艱難，也經常寫信給大哥抱怨阮囊羞澀，他三百、五百接濟我，暗自慶幸有長我許多歲數的兄長真好。

走在水泥叢林，抬頭仰望，高樓林立，我，有一日會成為這裡一分子。

慈堤上的月光

一早朋友傳來一幀「我在金門，你呢？」及幾張金門特色風景照，尤其一幀屋脊燕尾像兩隻手臂高舉，神氣的彷彿攬著一把藍天，配紅磚牆及磚紅瓦，朋友加註「金門真美」，我回以「金門人美心美，我們更美」。金門人的共同心態往往把家鄉愛到骨子裡，該如何形容我們的金門？以及我們對它的愛？

從小出生在湖下村，在村裡左鄰右舍穿梭，不覺得有什麼特別，左鄰叔公家裡種田加一間小小的榨花生及麻油廠，空氣中經常飄著麻油香。母親用油都是遣我們去搭一瓶，用完了再去搭，純天然且新鮮。往右前方村子前緣有一家做麵線，家裡煮點心就是用這一家做的麵線。

多走幾步右後方那家是做米粉的，好天氣會看到他們家門口曬滿了米粉……走到村外就是海，海裡的蚵田在海水退潮會露出水面，大半湖下人海裡都有蚵埕。沿海是蚵仔的故鄉。後來駐軍奉命從海裡築堤，用一條慈堤隔了海與慈湖，有了這慈湖，漸漸的有了美名，為湖下村添妝了文化與美景，可惜生態被破壞，石蚵產量變少了。

湖下村是楊氏聚落，以「弘農衍派」、「四知堂」為堂號，身為子孫的我們以天知地知你知我知期許自己清白一生。村裡輩分清楚，大房二房三房也是傳承祖先的建制，當然大祖祠堂在官澳，弟弟進匾也是在官澳祠堂（鄉親認為功成名就應該讓祖先知道）飲水思源，凡事按倫理運作，很幸運能生為湖下女兒。

孕育我的村子，一草一木都是景色，慈湖介壽亭邊有我父親的影子，家傳的那塊地需要父親挑著粗桶灌溉地瓜高粱或小麥，父親與我距離不遠不近，我經常坐在慈堤上裙角被風微微吹起，要好同學喜歡來湖下找我，吃大鼎煨的地瓜，到慈湖邊看夕陽吹著風。父親每回看到這幾位青春洋溢的女孩，笑得嘴角咧得好大。然後我們用文青式的囈語，說要把愛情寫在水波上。

介壽亭旁邊父親留下那一小方田地，被國家公園切走一坪大小，我嚷嚷怎麼可以讓公家占便宜？二哥浪漫，微微一笑：「算了，不是很大塊，何需計較。」

當年紅泥土路，兩旁菅芒，年輕的我們日日行走，湖下到金門高中的紅赤土路，雨天泥濘晴天布滿紅塵，大我二十歲已經出社會的大哥主張我住校，不用天天趕早趕晚走路，希望我好好唸書，別沉浸在風花雪月的小說情節，今日憶起無端懊悔沒把書讀好，辜負大哥一片心意。

歲月毫不滯留的往前走，如今不得不說因為高粱酒讓金門島猶如鑲了金邊，特別閃亮。今日整個島鄉脫胎換骨，值得訴說之事極多。夏天到金門應該去海邊，參加花蛤季，春末農曆四月十二何妨到金城看迎城隍做醮的陣頭。冬季到了金門，向晚必須到慈堤拜訪鸕鶿、再喝一杯碉堡裡烹煮的咖啡、離去前與擱淺在沙灘上的戰車合影，這些儀式有了，除了賞候鳥的情趣以外，多了些許戰地況味。

鸕鶿在冬季成群從遙遠北方來金門度冬，最大夜棲地牠們選擇在慈湖林地，望著牠們站在樹梢頂端，姿態優雅輕盈，站在慈堤的我們忍不住讚嘆，大自然物種真神奇，成群的鳥類除了壯觀可感悟牠們的團結，彼此佇立樹梢，相互耳語：這是老天賜予我們的福地，我們好好休息吧。

春夏交接季節，岸邊海浪陣陣，藍眼淚容易現身，選擇月光亮度較弱滿潮前吹南風的時刻，夜光蟲聚集呈現的藍光，可以到慈湖邊潑水激起光點，迷濛的雙眸凝視藍眼淚，在清澈星空下，不虛此行。

從遠的近的聞名而來，幾乎都會到慈湖一遊。回看那條紅土路承載著我們清貧卻富有的故事，每位湖下子弟都從這條路當起點，天涯海角彷若比鄰，土路變整潔漂亮的柏油路，紅磚路上的黃槐樹，開著招展的黃花，美到令人屏息，因為黃槐怕風，近年長得不甚繁茂，有待鄉親憐之護之。

兩旁新建洋樓，綴在其中的餐廳、書屋、民宿、咖啡館、路樹、紅磚人行道，我喜歡行走其間，從金門高中步行到慈堤約四十分鐘，清晨或傍晚，各有風情。慈湖路旁的咖啡館前也有馬兒可騎乘，騎馬、看海、喝咖啡、吹風，人生寫意盡在眼下。一段時日未招兄姐往咖啡館，服務生會疑惑，為何許久沒來，且來的人這般少？感覺失職了，他日兄弟姐妹要經常結伴前往，展現手足情深。

近期再加上燈光閃爍耀眼無比的金門大橋，湖下村是被看見了。大橋通車後，瞬間可到小金門，與烈嶼的友人愈來愈靠近。當然汪洋大海自顧澎湃，人們用科技克服距離，將有百年與星月相輝映，佇立在慈湖海邊望著大橋，也可遙望對門的廈門。

金門大橋完工，於金門是成就，於個人是小小失落，我慈湖邊的海的寧靜沒了，再來可能是橋上車輛奔馳。幸好夜晚璀燦的燈光像一條長長的珍珠，明亮奪目且耀眼。暫且取代失落的青春。

與廈門咫尺兩門，浯島居民像蒲公英一般吹到哪長到哪，都可以蓬勃著過每一日。素樸金門島並不羡慕現代化的廈門，時間夠可到碼頭搭船過去繞繞，看看朋友喝喝茶再回來。

談戀愛的時候有外島來的男子相告，天氣好可以看到廈門姑娘的辮子，當時的我如此驚喜，於是只要到慈堤必然踮起腳尖，想一窺對岸的辮子。終究看不清楚，人生形容太超過的數不清，罷了。

走過慈堤，一路相思樹苦楝木麻黃大黃槿，樹蔭濃密，接連到古寧頭，雙鯉湖……當然還有古寧頭的播音牆，播放鄧麗君的心戰喊話及唱著〈甜蜜蜜〉、〈何日君再來〉……歌聲甜美動人，飄洋過海到彼岸，感謝她的歌聲陪伴無數人寂寞的夜晚，只是不停反覆播送，覺得有些悲涼。

近期，湖下慈湖路邊有極佳的打卡牆，充滿年輕人創意。加上「舊事書坊」進駐，為湖下增添文化氣息。到書坊找書坊主人喝杯咖啡及品嚐精緻點心，心靈飽滿，看書累了旁邊餐廳美食伺候。村裡「信源海產」更是聞名遐邇。

總以為風吹過就無影無蹤，不是的，風吹過只是無形的、看不見，每句話、形樣、內容緊扣在腦海，無時無刻不在顯影，無論颶風暴風狂風或徐徐吹來的微風，定然會在慈堤留下永恆。戒嚴時期的島以及解嚴後的島，島的形貌沒變，風吹的花草樹木變了，變成現代社會的華麗，也或許仍然沒變或枯或榮是自然生態。唯獨我們的島不變，仍然一百五十三平方公里。

許多人心中都隱藏某個故事，都活在心底。浯島子民心中的島嶼是隱形於心外顯於形，不客氣了，看過、走過、吃過、穿過、住過，心裡一一惦著，母島影像重現，一幕一幕，似乎年歲愈大對島的思念愈深。所以當一陣風吹過，以為吹得多麼遙遠，讓妳不復記憶或不想再憶起，沒來由的懸著念著一堆事物，不如歸去。我知道我和弟弟出生在櫸頭裡的小廂房，我知道我童稚笑聲漫延在紅大埕，即使後來成為洋灰水泥，就那地方，一條橡皮筋彷彿仍在、天天踢毽子、跳格子，簡單的遊戲時時重複，是飽滿的童年。啊！我把青春遺落在湖下村慈湖路。

曾經在夜裡做一個夢，與同學在慈堤嬉鬧，夕陽西下的時刻，咦，落日圓著呢，不是沙漠沒有孤煙，可有父親慈祥的微笑，醒來決定要去慈湖另一邊二哥的菜園療癒心靈。

年少已然遠去，一切都被時光催化，兩鬢豈能不添霜？但是那一道皎潔的月光，恆久灑在長長的慈堤上。

刺鳥咖啡遇見曹以雄

沿著數十階梯，海邊戰時遺留的碉堡，視線落在一片汪洋的遠處，時序冬月，浪大水濁。回凝近處，斑駁牆面掛著滄桑木板，上頭寫著：年輕人／不要急著裝口袋／要先裝腦袋。另一木板寫：生命的終止不是死亡，而是與書絕緣。乍看很驚豔，再看週圍擺設簡樸卻有著靈魂，兩張撿來風吹雨淋克難木頭椅，端一杯咖啡靜坐，遠離塵囂。進屋，依窗邊看海喝黑咖啡，思索何等哲人可以被海環繞？

約莫三十分鐘，一清癯有型男子，黑長袍斜掛紅包包，彷彿金庸小說裡的高手走出來。先是嚇一跳，會否難以親近，一開口金句連連：「妳牧羊，我獵犬，心性相同。」曹再問：「那大海妳看到什麼？」我告訴他：「看到二艘船，一艘曰名一艘曰利。」他哈哈大笑，沒錯。反應快速，滿屋子書畫，徜徉書海竟不做買賣，只賣咖啡。

這是初見曹以雄的印象，他與楊樹清、翁翁舊識，談話爽朗大器，尤其評論時政，敢言敢評，針對時事針砭往往一針見血，言人所不敢言。曹以雄怪手出身，當過文化局長、議員，自嘲曾經是政客，言談中他曾經用極端言論要國民黨下臺，左近對民進黨失望，滿肚子牢騷與不滿，政黨輪替就是要你做對的事，走對的路，沒做到就應該被下架。

當朝達官顯要都到訪過他的刺鳥咖啡，名人文人政治人物……各種大咖，也千里迢迢從臺灣來到這海邊碉堡，儼然曹以雄是馬祖最美的一道風景。

語言有穿透力，短短三小時，我們一團八人個個服服貼貼，雖然個子不高大，卻只能仰望，因為他的理解直言。海角刺鳥咖啡接續剛性的軍事十二據點，把壯烈寫成詩句。坐聽店主人雄談古論今，敘述刺鳥咖啡書店，咖啡與書、建築與海、旅人與貓之間相互依存的故事。

走到坑道裡面，在此季節溫度不濕不燥，請問他用什麼方法保持這適溫，他說：「自然功法，四五月還是會潮濕，目前氣溫最好。」面對大海的長桌讀書寫字，請他坐下讓我們拍張背影，是朱自清在聽海浪的聲音嗎？

坑道裡有許多畫作，楊樹森的畫最醒目，尚有《金門文藝》、《金門鄉訊人物誌》一套十本，內心感動，原來金馬果真一體。

此次馬祖行是因著《島嶼時光》要到馬祖開發表會，我們八人正好想一探馬祖風光，也想與馬祖作家小交流。尤其劉枝蓮受傷，狀況好否？個人是初行，未曾想過馬祖如此美麗，尤其芹壁，乍到那晚要不是雨滴不停，要不是冷冽難擋，要不是昏暗不明，鄭愁予命名的翠龜灣令人流連。

如果再來馬祖，從南竿過海到北竿，先宿二晚芹壁，一晚觀海，一晚老酒或高粱或咖啡，與文友天南地北暢言，東莒要去，東引要訪，可臘月風浪大，停航，秋天吧，雖然地無半里平，人心熱情平和，妙極了。

到牛角灣探枝蓮，體感溫度負一。竟擋不住雙方熱情。她招待的是老酒，溫潤微甜，看她日漸好轉心安，和枝蓮的心相通。

返臺之日天氣放晴，也是遇見曹以雄次日，一起到「依嬤」餐廳午餐，接著到機場候機，先是謝昭華前來送機，再是工作滿檔的劉梅玉也趕來，馬祖人怎麼如此禮數周到，金門人的我汗顏了。

兩島同命，孿生兄弟般的存在，其實是最遙遠的距離，相隔兩百八十公里，且沒有飛機船舶往來，走陸路近一千公里之遙，可我們的心自認就在隔壁。

金門與馬祖豈止生命共同體，是孿生兄弟，相對無言哪。

我們一起越過臺灣海峽

十七歲那年，是我第一次搭乘登陸艇（俗稱開口笑）離開島鄉，正是夢幻的年齡，即將到隔著臺灣海峽的寶島，到一個完全陌生的地方，憂心忡忡。

二姐夫要送我去碼頭，他的計程車有些老舊，在泥土路上拋錨了，我內心極度焦慮，因為第一次出遠門，怕趕不上停泊在料羅灣的開口笑。

從家裡出發到料羅灣，即西到東貫穿整個島。母親在耳邊叨叨絮絮：「女孩子家找個人嫁了算，別去臺灣讀什麼書，那麼遠。」瀰漫尋常百姓的母愛，是千百個不捨，最後與母親抱頭流淚。父親也被感染，臉色凝重：「不習慣要回來，別不好意思。」於是帶著離愁、懼怕加上興奮等種種複雜心情，坦白說內心極度忐忑，此去幾百里，十七歲的我羽翼未豐卻將是離巢的鳥，怎能不恐慌？

到了料羅灣，這代表離別的港灣，海浪一波波拍打，浪聲濤濤，真像豪壯離別曲。除了要返臺休假的官兵是快樂的，從他們喜悅的臉龐可以看出。和我一樣準備離鄉背井的島民，應該沒什麼心情欣賞這景緻，湧上心頭的都是無頭緒的茫然。

尚未登上開口笑即開始想家了，想母親現在應該在煮豬食？還在哭泣嗎？上回大姐到臺灣，她每天躲在臥房裡哭，整整哭了一個月，這回輪到我這小女兒要遠赴臺灣，一定哭得更慘，想著想著內心更加害怕，偷瞄坐在身旁的好友琬也是心事重重，可她比我勇敢，時不時去探看幾點要上船，我像呆子一樣，一切由她連繫。

面向臺灣海峽，時而波濤洶湧的巨大浪聲敲打驚惶的心，時而微微波浪似訴說寶島未竟之旅，時而波面平靜安撫大夥焦躁，想來這是人生寫照，人生際遇如何一路無波無浪？海浪為人生悲歡離合伴奏，候船的人們，從傍晚待到半夜，軍民為等船蹲坐在沙灘上；若是夏天，晚風兒輕吹，偶爾猛吹，吹膩了便靜止，不管如何吹都是熱風夾雜白色細沙。沙灘經過午後陽光曝曬，雖下山許久，還是燠熱難耐，人們倒像蒸籠裡的包子，蒸透了汗從背脊流下，聞到的都是汗酸味，每位等船的人心裡想些什麼？應該都有一個理由和故事。

終於從登陸艇張開的大閘門登上船艙，魚貫人群像進入大鯊魚的大嘴。

艙內有雙層單人床，都是粗大繩索吊著綁著巨大的結，整個景象是繩索特別多，除了穿帥氣白色水手服的海軍，其他所看到都是墨綠色物品，陸軍穿的衣著，借給老百姓蓋的毛毯，看得到盡是一船艙墨綠與灰暗，整個就是鋼鐵做的密閉洞穴；也像一顆巨大的鋼鐵蛋，飄浮在臺灣海峽航向希望，我們內心都這麼想。

燈光迷濛昏暗，汽油味、海水味、乘客吐的酸味，船艙隨著大浪，一會向左一會向右，好好的人聞了也想吐，唯一能做的是搶個床位躺著隨它搖晃。躺著也有事，上鋪嘔吐來不及防備，一口吐出，下鋪的髮絲沾到上鋪嘔吐的穢物，天啊，什麼情況？可沒用，站也站不穩，也不用抗議，同是天涯淪落人，嘔吐者眾，互相體諒吧。

至於要晃到哪？一望無際的大海迷惑我，感覺真要到天涯海角。

終於靠岸，第一次平順到了高雄十三號碼頭，也開始人生的奇異旅程。

為何到了十七、八歲都必須離鄉？整個島嶼沒有大學，沒有工廠，沒有私人企業，只有公家機關幾個職位及學校教師缺，一個蘿蔔一個坑，沒有什麼就業機會。家裡薄田只能種高粱、花生、小麥，唯一出路就是從料羅灣搭開口笑到臺灣，大哥說彼岸無論求學、就業機會較多，對島民而言這是一條唯一的路。

初履寶島，期間顛簸挫折。土愣愣的我們，紅綠燈沒看過，火車沒坐過，高樓大廈沒見過，幾乎對所有事物都新奇，真是不可思議的另個世界。柴油慢車從高雄到臺北要八小時，左邊坐一位大叔，帶了一簍紅蟳，放在椅子底下，說是要到新竹送親戚，準備要在新竹找工作。過了臺中發現有一個東西在腳邊窸窸窣窣，低頭一看是紅蟳，原來蓋子未蓋好，趕緊把簍子拿出來，淒慘哪，紅蟳滿車箱裡爬行，東找西找也只找回半簍。

日子必然隨著自個能力及機會前進，考上大學的想盡辦法半工半讀就學，不就學的也選擇就業，人生地不熟，都在這十七、八歲的年齡開始了鄉愁，我的島、我的父母手足、滋潤我成長的地瓜，還有我在海邊成長的歲月。一切的一切鎔鑄成鄉愁二字，無聲無息，觸摸不著。

夜裡躲在棉被裡偷哭，也聽到堅強的琬的哭泣聲，我們都在想媽媽呢。

在臺北的日子，如果說有什麼遠大的志向，不如說每天在為三餐張羅。兩位小女生相約去電子公司上班，每天千篇一律機械似的動作，下了班都忘了白天做些什麼事，受不了無趣及工時太長的辛苦，悄悄的我寫了封信向大哥訴苦，訴說生活的窘境，離島來回的書信約半個月左右。

盼到大哥的來信，真是天降甘霖，如心中所料：掛號信內附五百元郵匯。我與琬欣喜若狂，當晚買便當多要二樣菜色，滿足一下味蕾，安撫小小的困頓心靈，不像平常總是白飯配花生，外加不用錢的炒蘿蔔干。

假日窩在宿舍，尤其下雨天，真不知日子何以如此漫長，想在家鄉艱困生活，三不五時還是可以看個電影，每個守備區都有一間慰問官兵的廉價電影院，我們老是嫌電影換片太慢，從甄珍到林青霞度過無數青澀年歲。

在他鄉，養自己都難，不敢奢言看電影，兩個小女生充其量傍晚到河堤看夜景，坐在景美溪畔吹風，想著三百公里外的父母親，想那簡樸無憂只能吃地瓜粥的日子，我和琬無心學業。想起島上的四合院，甚或憶起單打雙不打的砲聲，真是百思不解，昔日在島嶼砲彈聲曾讓我身心疲憊，每個單日的傍晚就開始擔心劃過半空的砲聲，咻咻聲響……砲彈會落在哪？膽顫心驚，恨不得早日離開這島鄉，祈求上蒼讓戰爭遠離，讓故鄉歸來。這會兒在繁華臺北無端想起家鄉，懷念島上所有的一切，包含單日的砲聲，人真是矛盾的動物。

受不了生活上的苦，我深感不如歸去，夢想暫擱一邊，回家與家人討論下一步如何走？琬決定留在臺北先找工作，我決定先返鄉一趟。

離家難，回家也難。第一次離開家已然經年，要回家嘍。到臺北城中市場買了一些父母親的貼身衣物，找些比較不容易腐敗的陳皮梅等零食，打成一包；城中市場的富饒比之家鄉真是不能相提並論，從臺北回家，想帶些新奇物品，阮囊羞澀的我只能用僅有的經費，發揮最大效益。

再次來到十三號碼頭，充斥海水味與汽油味。候船日子長短不一，有時一等數十天，跟著同學到她舅媽家，每到三餐真是苦啊，舉箸沉重，菜夾與不夾都萬般艱難，舅媽對我們也算尋常，女孩兒敏感，寄人籬下是世上最難熬的事件之一，尤其像我們這種不速之客。內心暗自發誓此生絕對不可以白吃白喝，然而，仍然衷心感謝平白無故招待我好幾天的同學舅媽。

和第一次搭乘開口笑相比，這回是開心的，自忖最慢十三小時後將可看到家人，星星對著我微笑呢、海浪更悅耳，湛藍海水讓心情好到不覺得碼頭有腥味，好想對著天空大喊，我要回家了。頑皮地對著星星眨眼睛。

終於再次踏上那鯊魚大口的開口笑。

半睡半醒中有一女孩尖叫，原來她帶著一籃子柳丁隨著船身傾斜滾落到艙裡各角落，她追到左邊，船身又傾到右邊，忽而左忽而右追逐著黃澄澄的柳丁，可很難如數找回，這柳丁在當年的島鄉可是挺珍貴的，因為生活必需品要靠海運，水果易腐壞，島民因水果稀有，特別珍惜，趕緊幫她撿，可船隨著浪左搖右晃，追來追去也沒追回幾顆，那女孩索性坐在吊床邊啜泣，哭那追不回的漂亮橙黃的水果。

另外一位大嬸帶著一大堆竹籃鍋碗瓢盆，也在船艙四處散落，燈光晦暗忽明忽滅，只聽鏗鏘聲音，也僅僅找回一小部分。真沮喪。忽然覺得自己聰明，就那麼一包，不能幸災樂禍，老天爺啊！趕快靠岸吧！

一天一夜海上顛簸，醒來大夥吵成一團，哇哇大叫，昨天遠遠看到太武山呢，到哪去了？

今天怎麼還在高雄十三號碼頭？沒有搶灘？真是驚嚇到腿軟，可軍方的事我們不懂，是天候？是軍演？沒得問。

總之，柳丁剩沒幾顆，瓢盆剩沒幾個，個個散亂著頭髮，眼神疲憊，拖著沉重步伐氣餒上岸，心想陪著軍方演習一次，繼續我們候船的日子。

登陸艇是我們返家離家的交通工具。

這麼多年了，歲月不留情的從指縫溜走，而我過了好幾個十七歲。所有過往事一幕一幕從眼簾下掠過，彷彿是昨天的事。

航空公司遞補了開口笑，每當翱翔在白雲裡，五十五分鐘的航程取代十三小時的海上顛簸，偶爾會想到：那些年我們一起搭乘登陸艇到臺灣，同學睡上鋪吐出穢物沾染下鋪同學的髮絲，喔，這一切以及第一次返鄉在回家路上遇到母親，緊緊抱著，母親與我淚水一串串滴了下來，我嘟囔著不想再離開。

時代的記憶，回想起來真的有笑有淚，如今人事全非，琬也離席多年，悵然。

後來在臺灣的日子遠遠超過故鄉好幾倍。那些年我們一起乘開口笑搖晃的日子已然是最珍貴的回憶。

從島嶼到遠方

很久很久以前提著簡樸的行囊，搭乘登陸艇飄洋過海一路顛簸到臺北。被臺北的繁華嚇到，站在火車站出口，生澀的望著身旁那只咖啡色簡陋小皮箱，緊緊握著，不知所措，東西南北盡是未知，往哪裡去？有些慌亂，內心是害怕，舉目無親，寸步難行。

望著那只皮箱不離不棄，陪我找到先到的同學，後來一直陪著我到南港、和平東路、青年路……然而歲月對人無情，對物何嘗不是，皮箱終至無影無蹤，也不知在哪個環節給遺失了。

回顧漫漫時光只是一瞬，臺北讓我一路掉了許多友情，也讓我撿到溫暖的友誼，臺北讓我曾經拮据，也讓我擺脫拮据，曾經讓我大喜，也讓我心碎。

以重慶南路為中心的博愛特區，起起伏伏隱含諸多喜怒哀樂，有風有雨，有陰有晴，好似在歲月長河裡演了一齣大戲。

猶記無殼蝸牛的日子，在臺北西南區遷徙無數回，直到進入重慶南路一個叫做介壽館的地方工作二十年，開始有了些安定感，不再倉皇，閒暇環望周邊，回望所及竟是一些花邊八卦占滿記憶。人生哪，若無八卦，也了無生「氣」？

曾經有位貌美如花的前輩，秀髮如波浪拍打海岸，一捲一捲大波浪，趨近往往一縷粉香撲鼻，眾多男士常年圍繞她身旁。有一天她穿著稍微時髦曝露的服飾要進介壽館，被憲兵擋住，請她回家換衣服再來，壓根不在意她是花字輩。周圍同事當場愣住了，昔時的嚴肅僵化可以從女性穿著略窺一、二，其實那位美女常帶給工作場所春天般的氛圍，當下我們低頭看自己呆瓜似的服飾，無非蔽體而已，倒是挺適合這嚴肅的衙門。

待了二十幾年的工作場所，平日動線：衡陽路布莊，介壽館三、四號後門（在博愛路），城中市場，桃源街，沅陵街，遠東百貨，溯及單純的日子值得特別懷念，牛肉麵八十元一碗，鞋子一雙兩百元，城中市場供貨齊全。

博愛路口有一個吹小號的男子，午飯時間吹著悠悠揚揚的綠島小夜曲，椰子樹的長影啊，真是撩亂了我的心，再看那男子落寞的舉手投足，衣衫皺了，牛仔褲磨得又破又白，彼時不流行破牛仔褲，身旁一只破了皮的樂器盒，整個人就像一幅沒完成的畫，但樂器吹奏極誘人，總想是何原因，畫一半的畫可以不完成？為何選擇落腳街頭？另一端抱著空泡麵碗的女子，連個舊鋁盆都沒有，想來她真不專業，臉上誇張貼著各式ＯＫ繃，手裡端著空的麵碗，沒有梳妝，頭髮凌亂但是烏黑，五官倒也端正，穿著陳舊，一周總會遇上她幾次，給過幾次小錢，再遇上竟覺慚愧，趕緊閃躲。

一號門前重慶南路口也常有一位衣著整齊男子衝著妳要錢買包子，這些人給我極大的心理壓力，給一次是同情，三番兩次有些兒強人所難。人生各有故事，他們沒有認真把劇本寫好，弄得我們不知所措。

僧人或尼姑化緣也是經常性，經過觀察，他們今天站武昌街口，明天或許換衡陽路，也或許一個小時就換一個崗位托缽，我就曾經在這街口布施一百元，吃個午餐小逛一下又見到同一人在另一街口，所以同事互相提醒，不要太隨意布施，也不知真假，內心很糾結。

緊鄰重慶南路的臺灣銀行，綠衣女子學園、法院，這些正能量的單位，交織出一幅特殊的都市景觀，也符合首都的氣派，而躲在介壽館裡上班的男人，花樣極多，有一位空軍軍官天天炫耀對老婆的體貼，沒事曬恩愛，弄得個個未婚女性對婚姻充滿嚮往，沒多久聽說他換了老婆，眾勝犬敗犬終於體會婚姻像結婚禮堂裡繽紛的氣球，戳破才看得到真相。

同辦公室男女不倫戀層出不窮，男女平日樸素端莊，看似沒有任何牽連，某日大老婆鬧到單位來，最記得她說，把家裡的床單枕頭全丟了，末了，丟下一個字：髒。只要荷爾蒙不死，這些問題永遠存在。

社會是一個大染缸，一樣米養百樣人，在邊緣求生活的人，總讓汲汲營營自詡是正常的人無法想像，步履輕快與蹣跚者共同撐著街景，哪個城市沒這種人?可這裡是中正區國家門面哪。

後來因為換到金融業，習性和之前完全不同，到處蝴蝶飛舞，尋尋覓覓，一大群人似乎感情永遠沒著落，過著遊戲生活，讓人目不暇給。有趣的是以民間企業身分，又回到博愛特區工作。

由於西門町早年是臺北發跡地，殷實商人特多，矮舊房子住著多少富商巨賈我們不得而知，但可由附近老人消費形態來判斷，大致上不用為五斗米折腰，幾年下來，舊樓剷平新樓砌起，氣象新了，只是舊街道無法拓寬嫌窄了點，一個社會更迭，從高樓起落、街頭浪人略窺一二，前後在博愛特區二十五個年頭，有人風華萬千，有人衣食無著，各街角仍時有衣衫襤褸流浪漢，與自己最有關的是青絲轉霜白，感嘆自己無非只賺到歲月。

走在水泥叢林，抬頭仰望，高樓林立，我，有一日會成為這裡一分子?

【後記】

近鄉情不怯

十七歲飄洋過海，離開母島開始無盡的鄉愁，坦白說日日都想回家，即使那是一個偏僻且貧困的地方，仍然隨時在召喚著我。島嶼西南方三百多戶人家的小村莊，許許多多流淌而過的小故事伴我成長，不說怕遺忘。因此決定讓島嶼故事從土裡生長出來，親情友情愛情，一路走來不敢或忘，儘管路有平坦或凹凸，磕磕絆絆，終究必須越過，越想往前走，就越加頻頻回望不富裕的童年，卻也是最富裕的童年。

幾乎所有年輕學子在少年十五、二十時離開浯島，然後開始滿懷鄉愁，開始唱〈教我如何不想她〉。

每位少年少女都有一支筆，用寫用畫，寫詩寫文，寫浯江溪那汪水，一日一日長成現在這樣兒，還在想過了這村又那村，姨媽在山外、姑媽在瓊林，舅舅在下埔下，同學分布各村落，親情友情網住一百五十三平方公里的島，不可忘啊。

旅外鄉親素昧平生亦無妨，開個有關浯島的話題，可以聊的繁多，話匣子打開不是宗親姻親就是同學，牽絆如絲，如此多情親密的島，外出的島民，體內的血液是我們的姿勢，愛家鄉有志一同。朋友好奇：「你們為何那麼團結？」離開浯島大半無親無故，人不親土親。

島嶼東西兩方各自繁榮，我們一路目睹家鄉的蛻變。

孩童時期完全貧乏，許多人靠南洋僑匯，當然，下南洋並非每人都飛黃騰達，光是那一趟出遠門的海路「十去，六死，三在，一回頭」多麼凶險，我三叔公也在未抵目的地即歸西。多少家庭因為要改善生活客死他鄉，發達的有之、失落的有之。悵然。

搖曳春風的楊柳，垂釣西風的彩霞，在硬邦邦的家鄉真的看不到這樣的景色，但是四合院的天井石椅上茉莉花、素心蘭時不時飄著花香，大一點的院落總有成樹的玉蘭花，一欉欉的含笑草、雞腳蘭也香氣四溢，沒有大風景卻有含蓄的碧玉風貌。

上田耕作下海捕魚是辛苦卻恬淡。

回首來時路，真的是青春小鳥一去不復返，曾經是青春少女，這會剩下的也就數不清的憶當年。

成長是苦澀的，島上孩子高中畢業都被迫當異鄉人，大半越過了臺灣海峽，舉目無親，只有同學同鄉相互扶持，一路行來有風有雨有陰有晴，或許哭了或許沒哭，總之歲月無情，似海邊的風吹亂頭髮，從少女、少婦、熟女迄今，髮蒼視茫，走來的歷程，只能偶爾或經常記錄，怕時日久了雙親的臉變模糊，怕手足嬉鬧情景被遺忘，想盡辦法要留下記憶，想來想去唯有文字才能鎖住來時的點滴。

這島讓人離開卻又不離開，即使人在遠方，心永遠在。

長路漫漫，臺灣寶島讓我安身立命，滋養我成家立業，與母島是血脈相連，念茲在茲啊。

個人為了生計，離開文學極遠，待孩子成年，退休金夠了，重出江湖圓一個寫作的夢。退休後一本《海邊的風》散文集，接著跨越詩領域，二〇一九年首部詩集《井邊的故事》大膽面世，透過最直觀的感受及意象的無限延伸，所有的情感及事物就像被喚起了靈魂。凡經眼的凝視如季節的冷暖、月的圓缺、花的開落、時間的流逝、原鄉的回顧，或僅僅只是一件小物、一場相逢、一個日常……在在令自己感動，信手拈來能成詩句？勇敢面世。有讀者說：「如山泉奔流而下，藉由作者豐沛的想像及素樸靈動的文字，一景一物也彷彿成了流動的音符。」多麼激勵的話語，並說：「在閱讀的時刻，輕柔地在耳邊響起，叫人低迴品味。」

退休後無論《海邊的風》、《井邊的故事》，自己都有急迫感，以為沒有了青春，要寫什麼？也以為有年歲筆應該鈍了，於是一會焦慮一會書寫，似乎在為誰交代似的。幸好越過那坎，無關年歲，有了這頓悟似乎一切努力沒有了威脅，越來越有勁。

所以散文及詩在讀者催化下並行了。

起先自我要求，暗地裡抒發心情就好。於是每日記下幾行。心裡篤定要寫一本浯島的小故事，回憶便汩汩如泉湧。

〈家書〉寫弟弟在那困頓的年代，十六歲離開老家從臺北建國中學到美國康乃爾大學，弟弟是有前瞻性有毅力的人，島嶼當年留學生鳳毛麟角，路途如此遙遠，承受異鄉人鄉愁，每個月固定給父母親寫信，為安父母的心，標準的家書抵萬金。

〈島嶼，沒有遠方〉寫我同年代的同學，踩著泥濘土路，一段車程一段步行，顛簸的求學奇景，想來很少有人有像我們一般坎坷。

當然，寫不完的題材是父母親含辛茹苦的一生。

浯島習俗舊物花帔、花勾籃伴隨童年，乃至種土豆、番薯、高粱、小麥……無知的我只能在父兄身旁蹭著，像他們的尾巴，略知一二的農事也要記住啊。

日日夜夜，所有場景感懷經常在內心盤旋。應該如何化為文字的語言?想到一句不錯的句子，不管在捷運、在走路、與朋友聚會、在睡前等等，趕緊記下來，以免被時光侵蝕給遺忘。

且行且看且觀察，到這年歲還要寫作，有兩個理由：一是不讓歲月一點一滴偷走我的人生。一是人生走到這裡想做什麼有何不可，別在意他人看法。

《島嶼，沒有遠方》這本散文，是憶兒時的全部，是母島金門小故事，乍看會懷疑為何沒有遠方?軍管時期，沒有民航班機、沒有客船，生活在島內，確實沒有遠方。

曩日，那沒有遠方的日子，父母的日常正是我們成長的軌跡，舉凡手足同窗朋友共同記憶裡的清貧、笑聲、無知……許多古老物件、習俗，乃至跟著父親騎驢上山，在漫長過程如摺痕烙印，如血液般流竄全身，必須如實記下不可或忘。

許多我們年代的共同記憶，就讓《島嶼，沒有遠方》來訴說。

國家圖書館出版品預行編目資料

島嶼，沒有遠方 / 牧羊女著 . -- 初版 . -- 臺北市：
聯合文學出版社股份有限公司，2023.08
216 面；14.8×21 公分 . -- （聯合文叢；733）

ISBN 978-986-323-550-7（平裝）. --

863.55　　112011748

聯合文叢 733

島嶼，沒有遠方

作　　者／牧羊女
發 行 人／張寶琴

總 編 輯／周昭翡
主　　編／蕭仁豪
編　　輯／林劭璜　王譽潤
畫　　作／王　婷
資深美編／戴榮芝
校　　對／王譽潤　林慈軒　劉彥彤　徐嫩婷
業務部總經理／李文吉
發行助理／林昇儒
財 務 部／趙玉瑩　韋秀英
人事行政組／李懷瑩
版權管理／蕭仁豪

法律顧問／理律法律事務所
陳長文律師、蔣大中律師

出 版 者／聯合文學出版社股份有限公司
地　　址／(110)臺北市基隆路一段 178 號 10 樓
電　　話／(02)27666759 轉 5107
傳　　真／(02)27567914
郵撥帳號／17623526 聯合文學出版社股份有限公司
登 記 證／行政院新聞局局版臺業字第 6109 號
網　　址／http://unitas.udngroup.com.tw
E-mail:unitas@udngroup.com.tw

印 刷 廠／沐春行銷創意有限公司
總 經 銷／聯合發行股份有限公司
地　　址／(231)新北市新店區寶橋路235巷6弄6號2樓
電　　話／(02)29178022

出版日期／2023 年 8 月　初版
定　　價／350 元

ISBN 978-986-323-550-7（平裝）